LA INMIGRACIÓN
EXPLICADA A MI HIJA

LA INMIGRACIÓN

EXPLICADA A MI HIJA

Sami Naïr

Traducción de
Rosa Alapont

PLAZA & JANÉS EDITORES, S.A.

DeBOLS!LLO

Diseño de la portada: M. J. M.
Fotografía de la portada: © Quelot

Segunda edición: julio, 2001

© 2001, Sami Naïr
© de la traducción: Rosa Alapont
© 2001, Plaza & Janés Editores, S. A.
   Edición de bolsillo: Nuevas Ediciones de Bolsillo, S. L.

Printed in Spain – Impreso en España

ISBN: 84-8450-423-9
Depósito legal: B. 31.581 - 2001

Fotocomposición: Comptex & Ass., S. L.

Impreso en Novoprint, S. A.
C/. de la Tècnica, s/n
Sant Andreu de la Barca (Barcelona)

P 804239

1004195139

Índice

Mi hija me ha seguido con frecuencia en mis tribulaciones. Me la cargaba a hombros en las manifestaciones antirracistas y ella creía que íbamos de fiesta. Cuando descubrió que yo dedicaba mucho tiempo a pelearme por la inmigración, por la vida de esas mujeres, de esos hombres, de sus hijos, a los que un destino implacable había situado en el núcleo de las disputas identitarias, creyó que aquello era para mí una obsesión... cuando se trataba de mi cruz. Me seguía a todas partes, se implicaba en todas las batallas sobre la cuestión. Tuve que pararle los pies, hacerle comprender que las matemáticas, la física y la química también eran necesarias para entender el mundo. Militante al principio sin saberlo, de una vigilancia activa a partir de la adolescencia, mi hija juzga y me juzga. Quiere explicaciones y cuentas. Y haciendo honor al entusiasmo de sus dieciséis años, no perdona nada.

No quiere esperar: el racismo sigue existiendo, incluso se vuelve cada vez más peligroso. ¿Qué hacer cuando los inmigrantes son perseguidos por una parte de la población, como ocurrió en El Ejido, tras el asesinato de una muchacha por un perturbado? Europa, cada vez más rica, atrae a aquellos que en África viven en la miseria. ¿Hay que abrir las fronteras para acogerlos? La respuesta no es sencilla. El cuadro no tiene una sola cara, como el de un pintor. La política de inmigración debe asimismo tener en cuenta la sociedad de acogida. Es más, hay que imaginar una manera nueva y original de organizar la inmigración con los países de origen a fin de que éstos conserven, en su territorio, a los trabajadores más valiosos para su desarrollo. En el fondo, nada está absolutamente claro. Sin embargo, prefiero la cólera de mi hija al escepticismo de aquellos que se niegan a creer que sea posible innovar en este terreno. Tanto si es por el lado del mango como por el de la hoja, querría que cesara el juego de cuchillo con la inmigración.

El mismo término *inmigración*, tan sencillo y tan complejo a la vez, resulta insondable. «Oye, papá, ¿podríamos pese a todo charlar un poco acerca de ello?» Por mí que no quede: ¡empecemos!

Lo que significa «emigrar»

—Ya no se sabe quién es quién —dice—. Se habla de inmigrantes, de clandestinos, de segunda generación. Pero siempre se apunta a los mismos. A aquellos que son diferentes. Nunca yerran el tiro. Se dice que la inmigración es un problema. Sin embargo, cuando pienso en mis compañeros de clase, en los «diferentes», no veo dónde está el problema.

—Nunca te fíes del «se dice». Cada palabra tiene un sentido preciso. Corresponde a una situación real, que la ley define. En cierto modo, todos estamos atrapados por la ley: españoles, extranjeros, inmigrantes, clandestinos o irregulares.

—¡En la calle vienen a ser lo mismo!

—Pues, precisamente, no son lo mismo. El inmigrante legalmente instalado es aquel que tiene un permiso de residencia, temporal o de larga duración. Ese permiso varía de un país a otro. En España existen varias categorías. Las dos más habituales son el permiso temporal de 90 días y el de residencia de cinco años, que luego puede prolongarse indefinidamente. Existe asimismo un permiso de residencia por «circunstancias excepcionales» destinado, por ejemplo, a los refugiados. Obtener ese permiso no siempre significa que el extranjero posea los mismos derechos que el ciudadano español.

—¿Y cómo suele convertirse uno en «instalado»? No parece fácil. Además, la gente no lo lleva escrito en la cara. Tal vez por eso hay tantos controles policiales...

—Lo cierto es que las normas de residencia están definidas con gran precisión por la ley. No puedo explicártelo con detalle. Baste con que sepas que el certificado de residencia debe corresponder a las necesidades del país de acogida. El inmigrante dispone asimismo de la *libertad de circulación* en el «espacio Schengen», es decir, en los países europeos que en 1991 firmaron, en la ciudad de Schengen, acuerdos sobre la inmigración. Tales acuerdos conciernen a la entrada y circulación de los extranjeros en la Unión Europea.

—De creer a la tele, papá, ¡se diría que en Europa sólo hay inmigrantes! ¡Y que en España son cada vez más numerosos!

—Europa cuenta con unos 14 millones de extranjeros. Parece una cifra enorme, pero en realidad sólo representa el 5 por ciento de la población total. Y en España es todavía menos importante, puesto que los extranjeros representan menos del 2 por ciento de la población total.

—**Entonces arman tanto follón por nada.**

—Pero es que la inmigración va a aumentar. De hecho, por razones que ya te explicaré, España necesita muchos más inmigrantes.

—**Así pues, ¿habrá todavía más extranjeros?**

—No es lo mismo. Ser inmigrante significa haber abandonado el lugar en que se ha nacido para residir en otro lugar. Como puedes ver, eso no sólo concierne a los extranjeros. En el interior mismo de cada país, la gente se desplaza; por ejemplo, abandonan el campo para trabajar en las ciudades, es el *éxodo rural*. Cuando una persona deja su país para instalarse en otro, se dice que *emigra*. Una vez instalada en su nuevo país de acogida, se convierte en *inmigrante*. Por lo demás, ésa es la diferencia entre el *emigrante* y el *inmigrante*.

—**Pero entonces, ¿cuál es la diferencia entre ser «extranjero» y ser «inmigrante»?**

—No es algo sencillo, en efecto. El extranjero es una persona que no posee la nacionalidad del país en que se encuentra. Lo más frecuente es que no permanezca mucho tiempo en ese país. Sólo está de paso, y piensa regresar a su país. Europa no es una fortaleza prohibida para la circulación de gente del mundo entero. Por otra parte, eso sería contrario a la ley internacional, que considera la libertad de circulación como uno de los derechos humanos. Si el extranjero decide *quedarse* en un país europeo, se convierte en *inmigrante*. Ahora bien, no puede tomar esa decisión por sí solo. La ley del país de acogida establece las condiciones de instalación. Y esas condiciones obedecen a varias reglas: por ejemplo, poder trabajar o no poder trabajar. Antes de 1974, en Europa un extranjero podía fácilmente convertirse en inmigrante si encontraba trabajo. Desde 1974, a causa del paro, a los extranjeros les resulta muy difícil obtener un permiso de trabajo. Sólo un pequeño número de trabajadores, procedentes de África, el Magreb, Asia, América o la Europa del Este, siguen entrando legalmente cada año para trabajar en sectores donde se los necesita (hostelería, restauración, construcción, servicios sociales, comercio, informática, enseñanza por lo que respecta a los trabajadores permanentes, agricultura en lo tocante a los trabajadores temporeros).

—Así pues, la inmigración casi ha cesado.

—No. Ha continuado pero de otras maneras. Por ejemplo, las esposas y los hijos han venido a reunirse con su marido o con su padre, pues en todos los países europeos la ley reconoce al inmigrante legalmente instalado el derecho de hacer venir a su mujer y sus hijos. Es lo que se denomina *reagrupamiento familiar*. Aquellos que en su país de origen eran perseguidos a causa de sus opiniones o de su lucha por la libertad han seguido buscando refugio en Europa. Se trata de los *solicitantes de asilo*. Además, algunos que estaban ilegalmente instalados en el territorio de los países europeos han sido *regularizados*. Todas esas personas constituyen la inmigración...

—¡O sea que continúa!

—No, no en todas partes. Por ejemplo, si bien en Francia, incluso con el reagrupamiento familiar, los solicitantes de asilo y la regularización de los inmigrantes en situación ilegal, el número de inmigrantes ha variado muy poco desde los años treinta, en España, en cambio, la situación es diferente, pues en los diez últimos años España se ha convertido en un país de inmigración. Aquí el número de extranjeros va en aumento.

—Pero eso sólo concierne a los que son legales. ¿Y los demás?

—También están previstos por la ley. El *clandestino*, aunque no me gusta esa palabra porque suena a «contra la ley», cuando ellos no piden otra cosa que ser aceptados por la ley... Por consiguiente, prefiero *ilegal* o, con mucha más precisión, *indocumentado*. Bien, pues el clandestino es aquel que cruza la frontera de su país ilegalmente y que entra ilegalmente en otro país. Sin autorización. No ha respetado ni la ley de su país ni la del país de acogida. Eso constituye una infracción de la ley. ¿Ejemplos? Antes de 1974 eran muchos los portugueses que cruzaban clandestinamente primero la frontera portuguesa, luego la española y por último la francesa para ir a trabajar a Francia. Los españoles hicieron lo mismo después de la guerra civil, y en los años cuarenta, cincuenta y sesenta del siglo xx. En la actualidad, tal puede ser el caso de los africanos, los asiáticos o la gente procedente de los países del Este. Los africanos suelen embarcar, arriesgando la vida, en barcos precarios o pateras en Tánger, Marruecos. Desde allí atraviesan el estrecho de Gibraltar y tratan de alcanzar la costa de España. Existen incluso «transportistas» clandestinos que les hacen pagar un alto precio por esa travesía. Esas personas son criminales que se aprovechan de la desesperanza de los emigrantes. En ocasiones, los «transportistas» actúan incluso con la complicidad de los Estados implicados. Eso no es legal, pero puede aportar ingresos o servir a otros intereses de tales Estados. Por ejemplo, hasta 1986 existía una organización internacional de «transportistas» que, contando con medios económicos de envergadura, los servicios de una compañía aérea de la ex República Democrática Alemana y la complicidad de dicho país, hacían pasar a Alemania Occidental a trabajadores procedentes de la India y Turquía. A principios de los años ochenta, decenas de miles de personas llegaron de ese modo a Alemania. Sin embargo, los verdaderos clandestinos rara vez son mayoritarios cuando el Estado decide regularizarlos. En realidad son poco numerosos, pues con frecuencia las personas que necesitan ser regularizadas son inmigrantes irregulares, que no hay que confundir con los clandestinos.

—¿También en eso hay una diferencia? Habría que promulgar leyes más simples, papá, de lo contrario nunca saldremos del atolladero.

—Lo complicado no es la ley, sino la realidad, como ya te he dicho. La ley trata de tener en cuenta una variedad infinita de situaciones. Si fuera de otro modo, tú serías la primera en decir que la ley es demasiado dura. Bien, pues el inmigrante irregular es aquel que ha salido de su país legalmente, que ha entrado en otro país legalmente, pero que se ha quedado en él más allá del plazo autorizado. Para entrar en España, la mayoría de los extranjeros necesitan un visado, es decir, una autorización de entrada que libra la embajada de España en el país del inmigrante. Existen varios tipos de visado. Por ejemplo, un extranjero que ha entrado en España con un visado de *turista* y que a la expiración del mismo continúa viviendo en España y realizando trabajos eventuales, se convierte en *irregular*. Entonces se encuentra sin derechos, sin protección alguna por parte de la ley. Ante el menor control de identidad se arriesga a que lo expulsen, ya no posee documento alguno para buscar alojamiento, matricularse en la universidad o presentarse en circunstancias normales a un empleo. En el mercado de trabajo está indefenso; los empresarios pueden explotarlo dándole un salario inferior al del trabajador en regla. Está claro que les cuesta más barato a los empresarios. A veces los Estados intentan luchar contra eso, emprendiendo lo que se denomina una *regularización*. En España, casi 50.000 personas fueron regularizadas en 1986. Cinco años más tarde lo fueron más de 100.000, y se cree que en la actualidad existen en este país más de 300.000 personas en situación irregular. En Italia ocurre poco más o menos lo mismo: 100.000 personas regularizadas en 1987 y diez años más tarde ¡el triple! Italia es, al igual que España, un nuevo país de inmigración. Todos los países ricos (y numerosos países pobres) se ven enfrentados a esta situación. Se estima en alrededor de diez a quince millones el número de irregulares y clandestinos en todo el mundo. Estados Unidos cuenta entre tres y cinco millones; la Europa occidental, varios millones, y también los países de Europa del Este. En Sudáfrica son alrededor de un millón, en Nigeria más de dos millones, etcétera. No hay que asustarse ante tal estado de cosas: la inmigración, clandestina o irregular, ha existido siempre. Desempeña un papel importante para los países que, como Italia y España en la actualidad, necesitan mano de obra barata. Las empresas de estos países ya no quieren emplear a trabajadores nacionales a precios elevados y con pesadas cargas sociales. La inmigración clandestina beneficia a mucha gente.

Palabras que nacen...

—Ves, papá, cuando nos ponemos a hablar sobre los extranjeros y los inmigrantes muchas palabras se repiten una y otra vez. Por ejemplo: identidad, diferencia, comunidad, etnia, discriminación, generación, gueto, integración, visibilidad, universalismo, etcétera. No estoy segura de entender lo que significan, porque se utilizan un poco al tuntún. Sobre todo porque a veces, con las mismas palabras, unos pretenden ayudar a los inmigrantes y otros quieren excluirlos. Bien, no sé si me entiendes...

—Desde luego que sí. Tampoco yo estoy seguro de lo que significan con precisión esas palabras. Además, al igual que tú, me siento a menudo inquieto, no tanto por su ausencia de significado preciso como por el uso, la utilización práctica que se hace de ellas; esas palabras pueden acercar o alejar, ayudar o abandonar, comprender o criticar injustamente.

—**Y no obstante, se utilizan muchísimo...**

—Y resultan útiles. Bueno, no trataré de darte clases, sino que me limitaré a intentar avanzar contigo por esa jungla. Imagina, en efecto, una espesa selva. Nos abrimos paso cortando la hierba frente a nosotros, pero ésta vuelve a crecer de inmediato a nuestra espalda. Con esos términos ocurre un poco lo mismo. Suelen volver a crecer en la confusión, después de que se ha hecho tanto por eliminar sus significados impropios.

—**La jungla de las palabras. Vaya una idea curiosa...**

—No hay que renunciar a la caza porque haya caído la oscuridad. Vamos a ver. Toma, por ejemplo, *identidad*. Hoy en día sólo se oye hablar de eso. Y sin embargo, el fondo está claro: es la relación que cada cual mantiene consigo mismo. Yo soy *yo*. Me dirás: ¿y qué es *yo*? De acuerdo. Admitamos que *yo* es la idea que me hago de mí mismo. La idea que una familia se hace de sí misma. La idea que un grupo, una clase social, una nación, una comunidad se hacen de sí mismos. La identidad consiste, pues, en ser semejante a sí mismo, idéntico a uno.

—**No es tan fácil. ¿Quieres decir ser parecido? Pero, precisamente, las personas son «diferentes». Eso no es posible.**

—No, pero así es como funciona. En conse-cuencia, cuando me digo: yo soy *yo*, con un estado civil, un origen, una cultura, una pertenencia na-cional, me estoy definiendo, e incluyo asimismo a todos aquellos que, en otros aspectos, presentan las mismas características que yo. Por ejemplo: soy un hombre, por lo tanto me incluyo en el géne-ro humano; soy religioso y católico, por lo tanto me incluyo en los grupos de católicos practicantes; soy español, por lo tanto me incluyo en la naciona-lidad española, etcétera. Todas esas inclusiones son diferentes. Se entrelazan, encajan las unas en las otras. La identidad son encajaduras. Como ves, es algo que rebasa al individuo. Se requiere contar con los demás. Y éstos o bien están incluidos, es decir, son como yo, al menos *quiero* creerlo así, o bien quedan fuera de mí y, por tanto, están exclui-dos. Por eso, en el fondo, la mejor definición sigue siendo ésta: la identidad constituye una frontera, un límite (¡y a menudo una limitación!).

—**Entonces, ¿la identidad de los inmi-grantes y los extranjeros no es la misma que la nuestra?**

—Salta a la vista, si bien en nuestra época tene-mos tantos puntos en común como puntos diver-gentes. Pero se tiende a poner de manifiesto lo que diferencia, y no lo que une. Por lo demás, esa triste manía se denomina *etiquetado*. Definimos a los

demás por medio de una etiqueta: «fulano es bási-
camente tal cosa», mientras que si preguntaras a
esa persona lo que piensa de sí misma, cómo se
define, podría decirte lo contrario. Naturalmente,
si tú defines a los demás a través de una etiqueta,
ellos harán lo mismo contigo.

—**¡Lo cual puede jugar malas pasadas!
Nos definimos los unos a los otros, pero
también podemos equivocarnos. Con todo,
algunas cosas no admiten discusión: yo
soy una chica, no un chico.**

—No nos metamos por esa vía. ¡Podrías ente-
rarte de cosas más asombrosas todavía! Corramos
un discreto velo.

—**¿Cómo?**

—Digo que nos olvidemos de eso y volvamos
a nuestro intento de definición. Existe, pues, una
identidad personal ligada a la identidad colectiva
pero que al mismo tiempo no se reduce a la de tal o
cual individuo. Ahora se plantea un nuevo problema: ¿hay que exigir que los otros, los que no son
como tú, se vuelvan como tú?

—**¡Parece un poco excesivo!**

—Planteo la pregunta en términos tajantes
adrede, ya que, si bien a título individual no habrá
muchas personas que se atrevan a decirte eso, los
hechos son que la sociedad, toda sociedad, incluso aquellas que se consideran tolerantes, actúa de

ese modo. Semejante presión humana se halla en el origen mismo de las naciones. La palabra *nación* procede de un término latino que significa «nacer». Y todos aquellos que han nacido en un mismo territorio delimitado por fronteras se distinguen de los demás humanos, que a su vez constituyen otras naciones. Ahora bien, la base de toda nación, de toda comunidad, de todo grupo, de toda familia, consiste en tener reglas comunes y exigir que sean respetadas. Mi respuesta, pues, al menos en un sentido abstracto, es: sí, toda sociedad busca por todos los medios hacer *idénticas* a las personas que las componen.

—**No siempre resulta fácil. Y además, uno sigue siendo diferente en su fuero interno.**

—De acuerdo, pero si quieres vivir normalmente con los demás, debes tener rasgos comunes con ellos. Has de aprender su lengua para comunicarte, tienes que conocer su historia a fin de compartir con ellos sus alegrías y respetar sus sufrimientos, debes respetar sus costumbres porque te han acogido, al igual que ellos deben respetar las tuyas si no vulneran algo sagrado para ellos. En suma, has de tener valores comunes con ellos. Digamos, pues, que la identidad, en su aspecto positivo, implica compartir valores comunes.

—**Así pues, es preciso adaptarse.**

—Sí, en el respeto mutuo. Por lo demás, resulta fácil verlo si tomamos otro término: *asimilación*.

—¡Ésa es una palabra peligrosa!

—¡Eso lo dirás tú! En nuestra época todos somos, por supuesto, buenos, amables y diferentes. En consecuencia, quien dice asimilación, dice malvado, el terrible ogro que quiere devorarte, digerirte, al no poder convertirte en idéntico de inmediato. ¡Una gran estupidez!

—¿No es la verdad?

—No, sólo la apariencia, la sombra, la comedia de la verdad. En realidad, toda sociedad es por definición asimilacionista. Si vives en España, debes saber castellano, has de asimilar ciertos valores; si vives en Cataluña, bien, entonces tienes que aprender también catalán, respetar la historia de esa comunidad, salvo si quieres vivir siempre en ella como un extranjero. Yo no veo el menor inconveniente en ello. Sin embargo, las cosas deben estar claras: si se dice que España, por ejemplo, es multicultural, ni deben excluirte porque no conoces todas sus culturas, ni obligarte a someterte a una de ellas en particular. De todas formas, te lo repito, resulta estúpido creer que uno puede escapar a la asimilación. Siempre se acaba por asimilarse a algo y mejor hacerlo libre y voluntariamente. Requiere tiempo pero es inevitable.

—Pero entonces ¿por qué se critica tanto esa palabra?

—Es lo *políticamente correcto*, es decir, el nuevo
conformismo. Además, existen sociedades que han
rechazado la asimilación porque rechazaban la
igualdad entre los seres humanos. Por ejemplo, en
Estados Unidos antes de la guerra de Secesión. Los
americanos blancos, afortunadamente no todos,
no han querido asimilar a los negros porque no
querían que fuesen iguales a ellos. Y han afirmado:
«Los negros son inasimilables por razones culturales y étnicas.» Eso condujo a una lucha histórica de
los negros para ser reconocidos como ciudadanos
iguales a los blancos. Pero aún hoy en día no podemos decir que hayan logrado ese objetivo.

—¿Hasta ese extremo llegan las cosas,
papá?

—Es más grave todavía: en la actualidad, en Estados Unidos, la palabra *hispánico* significa más o
menos «raza». Los *hispanos*, es decir, los latinos,
constituyen una comunidad étnica. Son definidos
como tales con respecto a los *blancos*, descendientes de europeos del norte. La enfermedad de
los orígenes no conoce límite. Es una buena chica
en la democracia (excluye con suavidad), y se vuelve aterradora en la dictadura: ya sabes la que lia-
ron los nazis alemanes con la cuestión del origen.

—Pero la asimilación a una nueva cultura es como renegar del propio origen por otro nuevo...

—Es todo lo contrario. Uno se asimila a los valores, a las normas, a la cultura. El resto, es decir, la raza, la etnia, el color de la piel, no depende de los individuos, sino de la naturaleza. Ellos no tienen nada que ver con eso. Y no debe ser tenido en cuenta. Es como ser guapo o feo, alto o bajo, gordo o delgado.

—**La persona fea que quiere asimilarse a la guapa es algo que está bien, papá, no dirás lo contrario.**

—No, pero cuando el guapo le dice al feo: «Nunca serás como yo», o incluso «Debes ser como yo a toda costa», eso sí es algo malvado y estúpido. A decir verdad, todos esos falsos problemas de asimilación me hastían.

—**De todas formas, sigues sin haber explicado lo que significa asimilación.**

—La asimilación es el acto que consiste en comprender y admitir los valores y las leyes de la sociedad de acogida.

—**No es algo que pueda conseguirse de golpe.**

—Cierto, lleva tiempo; sin embargo, gracias a la escuela, al trabajo, a compartir las alegrías y las penas de una historia común, la de todos los días, acaba por lograrse. Y de ese modo resulta mucho mejor.

—**Otros hablan de integración, que al parecer no es lo mismo.**

—Es difícil establecer la diferencia. Estar integrado significa pertenecer a un grupo determinado. No obstante, ese grupo puede ser variable; así, de un obrero diremos que está integrado en la cultura de las clases populares, pero permanece relativamente ajeno a la cultura de las clases burguesas. No tiene ni la misma visión del mundo ni idéntica manera de comportarse. Tal vez haya asimilado las normas de esa clase burguesa, sus leyes, por ejemplo, incluso sus valores (individualismo, competitividad, egoísmo social, etcétera), pero en la vida práctica pertenece al mundo popular, el cual tiene usos y costumbres muy específicos. No se vive, ni se casa uno, de la misma manera según el grupo o la clase social a la que pertenezca. Por supuesto, en la actualidad todo eso tiende a cambiar. La integración se está convirtiendo en un modelo estandarizado. Es la cultura de las clases intermedias, de las capas medias, la que tiende a convertirse en referencia colectiva.

—**Nos volvemos todos parecidos.**

—¡Precisamente en una época en que se nos dice que todos somos diferentes!

—**Has hablado también de comunidad. En última instancia, nos asimilamos a una comunidad. Pero ¿qué es una comunidad?**

—No esperes una respuesta breve.

—Qué más da. Ya estoy acostumbrada contigo...

—Bueno, no exageres. La comunidad es el reagrupamiento de una colectividad según un criterio distintivo y discriminante.

—¿Cómo?

—Sí, el reagrupamiento, por ejemplo, de los cristianos. ¿En qué consiste una comunidad cristiana? En el hecho de que decidan reagruparse basándose en un criterio, el cristianismo, que los distingue de aquellos que no son cristianos. Por consiguiente, diferencia y discriminación.

—¿Todas las comunidades funcionan así?

—Sí. Ahora bien, pueden ser abiertas o cerradas. Si son abiertas, aceptan a aquellos que no comparten su criterio de diferencia y discriminación. Si son cerradas, los rechazan. No sólo la religión sirve de criterio. Toda comunidad tiene sus criterios específicos. Por ejemplo, la comunidad musulmana rechaza la discriminación étnica, racial; no obstante, ejerce una fuerte discriminación interna entre hombres y mujeres (como, por lo demás, el catolicismo anterior a la Reforma o el judaísmo). En cuanto a la comunidad nacional, discrimina por la nacionalidad; la comunidad lingüística discrimina por la lengua, etcétera.

—Pero entonces, ¿se puede decir que existe una comunidad de inmigrantes?

—Sí y no.

—Explícate.

—Pues verás, sí en la medida en que los inmigrantes constituyen una categoría de la población sometida por la ley a obligaciones y deberes específicos (siempre que los inmigrantes sean extranjeros, es decir, que no posean la nacionalidad del país de acogida). Se trata de algo estricto pero restrictivo. Sí, también, desde el momento en que se reagrupan entre ellos y proclaman su especificidad. Por último, sí en la medida en que desarrollan mecanismos específicos de solidaridad social, cultural, religiosa, política, etcétera. Por desgracia, tal estado de cosas tiende a ser cada vez más habitual.

—¿Por qué «por desgracia»? ¿Qué desgracia hay en el hecho de reagruparse entre sí, sobre todo cuando no se es aceptado en la sociedad en que se vive?

—Digo que es una desgracia por la razón que tú subrayas: por no ser aceptado. Y también porque se trata en todos los casos de un repliegue y, lo queramos o no, el repliegue implica siempre una regresión hacia una «pertenencia» primaria, a menudo arcaica, ligada a una fantasmagoría del «origen», de la «sangre» y del pasado «inmemorial».

Ahora bien, toda esa fantasmagoría impide ir hacia el Otro, bloquea el acceso al Otro; en una palabra, se opone a la universalidad del género humano.

—**Ahora sí que me he perdido. Pertenencia, origen, universalidad... de nuevo palabras complicadas.**

—Depende. Lo cierto es que tienen un alcance muy real.

—**Así pues, ¿estás contra el «comunitarismo»?**

—Yo sí. Porque prefiero el encuentro con el Otro. Porque creo que el futuro del hombre es el hombre. Es decir, aquello que podemos hacer juntos, todos, sea cual fuere nuestro origen, nacionalidad, grupo social o religión. Lo que me interesa es el descubrimiento del Otro. Si vivo en España, hago todo lo posible por aprender bien la lengua, porque quiero poder comunicar mi pensamiento y mi afecto a mis amigos. ¿No se trata acaso del único modo de conseguir que me conozcan y quizá que me quieran? Si vivo en Cataluña, en el País Vasco o en otra parte, me veré rápidamente excluido si no entiendo el catalán o el vasco con ocasión de una cena en casa de unos amigos. ¿Debo replegarme en *mi* supuesta comunidad de origen y de pertenencia? Yo afirmo que no. Prefiero hacer el esfuerzo de aprender esas lenguas. Por otra parte, es el mínimo respeto que debemos a aquellos que nos

ofrecen hospitalidad. Y se convierte en una necesidad práctica, imperativa, cuando quieres trabajar y
convivir con ellos.

**—Pero dices que los inmigrantes cons-
tituyen, un poco a su pesar, una «comunidad».**

—No he dicho exactamente eso. Seamos cla-
ros: he dicho sí y no. Te he explicado el *sí*, pero no
el *no*.

—Continúa.

—Los inmigrantes no constituyen una *comunidad*, si nos situamos no en el punto de vista de la situación que les viene impuesta por la sociedad de
acogida, sino desde la óptica de su propia situación
interior. Quiero decir que existen diferencias (sociales, culturales, de aspiraciones) entre un inmigrante obrero y un inmigrante ingeniero, técnico o mé-
dico; existen diferencias entre un ecuatoriano y un
boliviano, un marroquí y un argelino, un malí y
un senegalés, un chino y un malayo, un filipino y un
cingalés. Existen diferencias entre un inmigrante
que reside en un barrio donde sólo viven inmigrantes y otro que reside en un barrio donde la población
local es numerosa. Por añadidura, tales diferencias
tienden a acentuarse rápidamente.

—¿Es decir...?

—La historia entera de las migraciones en todos los países demuestra que la integración resul-

ta más difícil y lleva mucho más tiempo si uno permanece prisionero de *su comunidad de origen*, si se vive en un barrio que reconstruye el país de origen (restaurantes, costumbres, manera de vestir, etcétera), que cuando se entra de buenas a primeras en la sociedad de acogida. En la actualidad, es obvio que hay países que favorecen eso, quiero decir el comunitarismo; pero en realidad lo hacen o bien porque se basan en el comunitarismo (es el caso de Estados Unidos), o bien porque son recientes, tienen una identidad nacional frágil, interiormente dividida (el caso de Canadá) y no poseen la fuerza suficiente para aceptar la mezcla.

—¿**La fuerza?**

—Sí, la fuerza cultural y moral. Es decir, arriesgarse a la novedad, considerar que la aportación de las nuevas poblaciones debe ser *integrada* y *superada* en una cultura común. Pocos países aceptan correr ese riesgo.

—¿**Por ejemplo?**

—Escucha, no quiero establecer un palmarés. No existe el *hit-parade* de la buena integración. Cada sociedad reacciona según sus problemas, su historia, su visión del presente y del futuro. Y cada una da necesariamente con soluciones adecuadas a su especificidad. ¿Por qué el racismo y la *etnicidad* son tan intensos en Estados Unidos? Porque esa sociedad nació de un etnocidio, el de los indios. Y se construyó sobre una opresión, la de los esclavos negros. Esos dos actos fundadores siguen determinando el inconsciente colectivo norteamericano. Y el hecho de que en la actualidad se desarrolle una especie de «respeto agresivo» hacia el Otro (mujer, homosexual, minoría «étnica») constituye una reacción de los norteamericanos más tolerantes contra ese pasado, contra ese inconsciente colectivo. Ahí tienes una manera de adaptarse y acto seguido de intentar resolver un problema. No está ni bien ni mal. No puedo juzgar desde el exterior. Hay que vivir en Estados Unidos, tal vez incluso ser americano, para poder juzgar.

Generaciones

—En suma, papá, tú crees que podemos construir todos juntos una misma cultura. Que los extranjeros y los inmigrantes pueden participar en ello.

—Pueden y deben.

—Creo que muchos estarían de acuerdo en que deben, pero que puedan es otra cosa.

—De acuerdo, pues para eso es preciso que la sociedad de acogida los acepte desde el punto de vista cultural. Dicho de otro modo, que no vea en ellos sólo una fuerza de trabajo, un instrumento del que sacar provecho; que acepte considerar que se trata de seres humanos, con su historia, sus creencias, su cultura, sus aspiraciones. Por consiguiente, que corra el riesgo de abrirse a ellos. Ahora bien, por otra parte, los inmigrantes deben asimismo hacer el esfuerzo de ir hacia esa sociedad de acogida, aceptar su cultura, su manera de vivir, respetar su identidad. Si tienen lugar ambos movimientos, entonces surge algo nuevo, porque hay *doble apertura*. En caso contrario, resulta imposible, porque existe *doble cierre*, el de los inmigrantes replegados en su comunidad y el de la sociedad de acogida replegada en sus fronteras identitarias. De ese modo las cosas no pueden funcionar. Entonces sobrevienen el desprecio, los prejuicios, la xenofobia, el racismo, la exclusión. El infierno para todos.

—**Pero la situación siempre acaba por evolucionar. Un día u otro, los inmigrantes se convierten en ciudadanos de pleno derecho y se funden con la población. Incluso acaban por adoptar nombres habituales en la sociedad en que viven.**

—Tienes razón. Pero el drama es que las fijaciones en falsos problemas (comunidad de pertenencia, origen, etnia, etcétera) hacen perder mucho tiempo y corrompen la vida cotidiana. Por eso es preciso superarlas.

—**Sin embargo, ahora se habla de primera generación, segunda generación... ¿Significa eso que la integración requiere más tiempo?**

—La integración no requiere más tiempo. En los países europeos, durante los últimos veinte años, se ha visto entorpecida por la crisis econó-

mica y el paro. Confiemos en que con la recuperación del empleo las cosas cambien. Ya sabes, cuando hay trabajo y el futuro está asegurado, se es
siempre más tolerante con los demás. En caso
contrario, surge la competitividad, la desconfianza
y en ocasiones el odio.

—Pero entonces ¿por qué hablar de
«generaciones»?

—Porque es la realidad que se vive. La primera
generación de inmigrantes la componen personas
que llegan al país no para instalarse en él definitivamente, sino para ganar dinero trabajando duro y
enviarlo al país de origen con el fin de regresar a él
y vivir mejor. En la práctica, nunca ocurre como se
había previsto. La gente acaba por instalarse, deja
de enviar dinero al país y hace venir a su familia.
A menudo para ellos resulta muy duro aceptar esa
situación, por una parte porque les embarga una
sensación de fracaso y por otra porque carecen de
los medios intelectuales necesarios para comprender y explicar lo que les ocurre. Por eso se replie-
gan a veces en su comunidad de origen y hacen
de ella una especie de búnker en el país de acogida. En tales casos, con frecuencia la religión les
sirve de frontera sagrada. Y se valen de ella para
preservar su identidad, dislocada por la sociedad
de acogida.

—Ya, pero otros se integran y buscan

más bien fundirse en la sociedad de aco-gida.

—Ciertamente. Pero el verdadero problema se plantea con las generaciones siguientes, sobre todo con la segunda. Ahí las cosas se complican, pues se trata de los descendientes, de niños salidos de la primera generación de inmigrantes.

—Es comprensible. ¿Y por qué se los sigue percibiendo como inmigrantes?

—Ahí está el drama. Llevan en su apellido, en su rostro, la confesión, el estigma de la inmigración. Ahora bien, se trata de algo que está por encima de ellos. Han nacido en España, en Francia, en Alemania. Tienen la misma educación primaria que sus conciudadanos. Creen en las mismas historias, comparten las mismas fiestas, practican los mismos juegos, viven las mismas pasiones y penas, hablan la misma lengua y el mismo argot, ¡y sin embargo les dicen que son diferentes!

—¡Es inadmisible!

—Así son las cosas. Y complica más el asunto el que ellos, contrariamente a sus padres, no tienen el sentimiento de ser diferentes. Poseen la *misma identidad* que la sociedad de acogida. Ése es el problema. Ellos no vienen del exterior, están *dentro*, pero quieren hacerles salir. Eso es lo insoportable. Y si bien, al igual que sus padres, aceptan respetar sus deberes, quieren asimismo derechos, y el primero de ellos, el de que se les reconozca que están en *su casa*, que puedan decir: este país es *mi* país, esta lengua es *mi* lengua, etcétera. Ellos rechazan en la práctica la fantasmagoría de la diferencia. Quieren la identidad común, porque son parecidos a los demás.

—**Es lo que veo todos los días en el instituto.**

—Lo más grave es constatar que la sociedad no lo comprende; que enarbola su origen para diferenciarlos y excluirlos, el color de su piel para marginarlos, la religión de sus padres para aislarlos. Ésa es la tragedia de las segundas generaciones de inmigrantes.

—**Su país es aquel en que han nacido y viven. Es normal.**

—La prueba es que si regresan al país de sus padres, para ellos constituye un verdadero trauma, un drama. También allí son excluidos. Los miran con mala cara. No hablan la lengua, o lo hacen mal; no tienen las mismas libertades ni los mismos derechos. Para ellos se trata de un *desarraigo*, como lo fue la emigración para sus padres.

—**Así pues, ¿dónde está la solución?**

—Las sociedades acaban siempre por encontrar soluciones, aun cuando con frecuencia sea a costa de penosos e inútiles sufrimientos. Y además, yo tengo confianza en esos jóvenes. Acabarán por imponerse. Rara vez llevan consigo lo peor, siempre lo mejor, pues se hallan vueltos por entero hacia el futuro. Quieren ser los mejores en todo, y muchos, aunque vivan en entornos populares, donde el fracaso escolar es notable, donde ni el padre ni la madre pueden ayudarlos a hacer los deberes, acaban por salir airosos y llevan a término una gran carrera. Ahora me toca a mí hacerte una pregunta: ¿quién es en la actualidad el francés más conocido en todo el mundo? Quiero decir en los barrios populares de Barcelona y Madrid, de Lima y Sao Paulo, de Nueva Delhi, Moscú, Abidján, Tokio, Londres, Roma, y no sólo en París o en Marsella. ¿Quién es, en tu opinión?

—Espera...

—No espero. No se trata del presidente Jacques Chirac, sino de Zinnedine Zidane, ¡una *segunda generación*!

España, país de inmigración

—En clase nos han dicho que España se ha convertido en un país de inmigración, tras haber sido un país de emigración. En definitiva, es la misma diferencia que existe entre «emigrante» e «inmigrante».

—Es una manera de verlo. Bueno, también esto resulta un poco más complicado. Pero en fin, digamos que la gente ya no huye de España sino que, por el contrario, les apetece quedarse o viajar a ella.

—También dicen que España ha cambiado, pero ¿hasta ese punto y con tanta rapidez?

—Lo que ocurre es que las sociedades obedecen a leyes que en ocasiones van más allá de lo que quiere la gente. España no ha tenido una historia fácil. Si me viera obligado a resumirte en unas frases su historia reciente, te diría que ha tenido que resolver tres grandes problemas, digamos desde mediados del siglo XIX. No me remonto demasiado atrás, porque nuestra mentalidad, aun cuando ahora estemos en el siglo XXI, sigue profundamente influida por las ideas de finales del siglo XIX y de todo el siglo XX. Así es la vida.

—¿Qué problemas son ésos?

—Económicos, políticos y humanos. Y tanto la emigración de los españoles en el pasado como la inmigración de los extranjeros en el presente se hallan ligadas a esos problemas.

—¿Y han sido resueltos?

—No, nada de eso. Al menos no todos. Tomemos, por ejemplo, la cuestión económica. En el siglo XIX tiene lugar la revolución industrial en los países europeos, sobre todo en Inglaterra, Francia y Alemania. Esos países se desarrollan a un ritmo muy rápido. Crean una potente industria y, como necesitan trabajadores, sus campesinos abandonan el campo para convertirse en obreros en las ciudades. Y lo hacen adaptando su sistema político, incluso en Alemania. Tras muchas vacilaciones, luchas, revueltas, revoluciones, acaban por aceptar la democracia, es decir, un sistema en el que la igualdad de los ciudadanos es ley. Los conflictos sociales, muy intensos, son zanjados democráticamente, por mayorías elegidas y gracias a un sistema parlamentario democrático que funciona más o menos bien. España trata de seguir el movimiento pero, por razones muy complejas, no consigue arraigar en su suelo la democracia parlamentaria. Por lo demás, no en mayor medida que Italia, Portugal e incluso Alemania.

—¿**Incluso Alemania?**

—Sí, puesto que en el siglo xx ese país pasó de la democracia a la dictadura nazi. Italia inventa el fascismo, el primer gran régimen despótico y totalitario. España conoce una guerra civil terrible, en la que se enfrentan republicanos y antirrepublicanos. Se producen cientos de miles de muertos. Y persecuciones. Los republicanos, vencidos, huyen de España o se esconden. Se instaura una dictadura que no favorecerá precisamente el desarrollo económico del país.

—¿**Por eso la gente emigraba?**

—Entre otras razones. Pero no sólo ésa. La miseria es grande en el campo. En las ciudades no hay trabajo, o bien está muy mal pagado. Por añadidura, las nacionalidades que constituyen la riqueza de este país están oprimidas. Los catalanes no se sienten en su tierra, como tampoco los vascos o incluso otras comunidades autónomas. Y la democracia, que podría ayudar a resolver tales diferencias pacíficamente, que podría asimismo permitir a los pobres luchar de manera pacífica por defender sus intereses... pues bien, ¡está prohibida! El problema económico del desarrollo, de la conquista de un mejor nivel de vida, del reconocimiento de la dignidad cultural, no puede ser resuelto en un sistema autoritario.

—**Y la gente se marchaba. Se dice que ocurre lo mismo con los inmigrantes que vienen a España en la actualidad.**

—Y no se equivocan al decirlo, pues en todas las sociedades, la economía viene determinada también por las relaciones sociales y políticas. La libertad política es una condición esencial del desarrollo económico. Oh, desde luego, no es algo tan mecánico pero en el fondo el resultado está ahí: cuando la gente tiene la esperanza de poder cambiar algo en su tierra, se queda. Cuando pierde esa esperanza, se va. Lo cual no significa que olviden su país. Por el contrario, lo aman tal vez incluso más que antes. Lo convierten en un ideal. Quieren regresar algún día. Pero luego la vida cotidiana exige sus derechos y acaban por adaptarse, mejor o peor, al país de acogida. Pero se sienten heridos. Están desarraigados. Partir siempre es una desgracia. Como cuando uno abandona definitivamente a su familia.

—**¿Por eso dices que el problema también es humano?**

—En cierto modo. España tenía asimismo un problema demográfico que resolver. ¿Cómo explicártelo? Digamos que el número de la población se incrementaba con mayor rapidez que la riqueza.

En consecuencia, cada vez había más gente que pedía trabajo y cada vez había menos puestos de trabajo. Además, la mayoría de la población pobre se encontraba en el campo, y los nuevos empleos estaban en las industrias de las ciudades. De ahí lo que se conoce como éxodo rural.

—**Pero los otros países resolvieron ese problema. ¿Por qué España no? ¿O bien es que resultaba demasiado difícil?**

—Los otros países estaban en mejor situación económica, y además no debes olvidar la realidad. El siglo xx fue una terrible época de guerras. Las dos contiendas mundiales costaron decenas de millones de muertos. Y esos muertos eran en su inmensa mayoría pobres, trabajadores, campesinos. Ellos fueron la carne de cañón de las guerras mundiales. También España pagó el precio de esas guerras entre naciones (franceses, alemanes, rusos, italianos, griegos, ingleses, daneses, húngaros, etcétera) *indirectamente*, con su propia guerra civil en los años treinta. Y todos esos muertos redujeron el número de la población. Sin embargo, la guerra civil española no resolvió el problema del paro. Sólo consiguió la derrota de aquellos que querían cambiar la sociedad para vivir mejor. De ahí la represión y la emigración.

—**Pero España no participó en las dos guerras mundiales...**

—No directamente. El éxodo de la población hacia el extranjero (hacia Francia y América Latina) comenzó en España a finales de la guerra civil. Y se desarrolló tras la Segunda Guerra Mundial. Millones de españoles se fueron. No eran acogidos precisamente con los brazos abiertos en los países a los que iban. Incluso los confinaron en campos de reagrupamiento. Los trataban mal, les reservaban los empleos más duros y peor pagados.

—Pero ahora los españoles ya no necesitan marcharse, y España recibe inmigrantes y al menos no los trata tan mal...

—Las condiciones son diferentes. Desde finales de los años setenta España se ha convertido en un país democrático. La situación económica ha mejorado considerablemente, aun cuando el paro sigue siendo importante. España es en la actualidad una gran democracia y su entrada en la Europa económica ha reforzado ese cambio. El mercado español está abierto a las mercancías, los bienes y los capitales europeos. Sin duda se trata de una garantía para el futuro. Ahora bien, todo eso debe permitirte comprender una cosa: los inmigrantes que vienen hoy a España lo hacen más o menos por las mismas razones que los españoles que ayer emigraban. Si éstos no son hermanos de los inmigrantes por el origen, por la conciencia, por la voluntad, lo son por compartir idéntica historia.

—No resultará fácil hacerlo comprender, papá, pues esos inmigrantes son diferentes.

—Oh, ya sabes, todos somos diferentes. Existen diferencias en el seno de una misma familia,
entre hombres y mujeres, entre pobres y ricos, entre fuertes y débiles, entre culturas y tradiciones,
entre maneras de vivir y de morir. La diferencia en
sí no constituye realmente un problema, pero llega
a serlo cuando se olvida la tolerancia, la igualdad,
la solidaridad entre los seres humanos.

—¿Se sabe cuántos emigrantes hay en la actualidad en España? De creer lo que dice la televisión y lo que se lee en los periódicos, se diría que son millones.

—Ya lo sé, se habla de *invasión*, de *marea*, de *avalancha humana*. No dicen más que tonterías. ¿Por qué? Tal vez por ignorancia, para provocar el miedo, esgrimir la amenaza, sugerir la violencia, la agresión. Eso dispara las ventas de la prensa, porque asombra, sorprende, produce preocupación.

—¿Crees que lo hacen adrede?

—No digo eso. Pero estoy seguro de que al dramatizar se atrae la atención de la gente, se convierte un acontecimiento normal en un hecho sensacionalista. No tienes más que ver los titulares de los periódicos: unos son más alarmistas que otros. Resulta más rentable, más sensacionalista, decir: «Un inmigrante ha atacado en la calle a una anciana que iba sola» que recordar: «Hay decenas de miles que trabajan y ayudan a pagar, mediante su contribución al sistema de pensiones, la jubilación de miles de ancianos españoles.»

—**Pues hay que saberlo, papá.**

—Hay que saberlo, hija mía. Y sobre todo no equivocarse. En el agresor hay que ver sólo al agresor, no su origen. En el trabajador hay que ver sólo al trabajador, no su religión o el color de su piel.

—**Sigues sin contestar a mi pregunta. ¿Cuántos inmigrantes hay en España?**

—No se sabe con certeza. Si hacemos caso de las estadísticas oficiales, alrededor de 800.000. Pronto rebasarán el millón. Y más todavía, pues la economía los necesita. En realidad, son sin duda más, pues no todos están en situación legal. Los que no tienen certificado de residencia se cifran, según las suposiciones, en unos 300.000.

—**Es mucho.**

—También es poco. Al menos comparado con la población total española y con los que se encuentran en otros países europeos.

—**¿Y eso en toda España?**

—No. Sobre todo en las comunidades autónomas de fuerte crecimiento económico: en Andalucía, Cataluña, Baleares, alrededor de Madrid.

—**¿Todos proceden de países pobres?**

—No. De hecho, España es un país de inmigra-

ción desde hace unos treinta años, pero de una inmigración especial. Ante todo la de los jubilados
de los países ricos, la que se desarrolló con el tu-
rismo, la de los empleados de las multinacionales.
¿Sabías que actualmente hay más inmigrantes
europeos que inmigrantes procedentes de los países pobres?

—¡Pues no es algo que salte a la vista!

—Son personas que gozan de una buena posi-
ción social. Sin embargo, los recién llegados, que
no tardarán en superarlos, son pobres y vienen de
países menos desarrollados que España. Se trata
de los latinos: peruanos, ecuatorianos, argentinos,
chilenos, etcétera.

—¡Pero ésos se puede decir que son
casi españoles!

—Ciertamente. Son católicos, hablan español y
conocen España desde hace mucho tiempo. Por
otra parte, tienen una relación curiosa con España, una mezcla de fascinación y resentimiento,
pues también ellos, en razón del pasado colonial
de España en América Latina, tienen una historia
común con los españoles. Al igual que los argeli-
nos con Francia.

—Pero no es de ellos de quienes se habla. O bueno, sí, se habla, a veces con
desprecio, con mala intención (los «suda-
cas»), pero no con miedo.

—Es normal, ya que resultan familiares. Las nuevas inmigraciones vienen del Magreb, del África negra, de los países del Este y de Asia. Ahí la cuestión es muy distinta.

—**¿Porque no hablan español?**

—Por eso y por otras cosas. Querías saber también lo que hacen, ¿no? Pues bien, la inmensa mayoría de los extranjeros no comunitarios, es decir, que no proceden de un país de la Unión Europea, trabajan en la agricultura y la construcción. Tienen condiciones de vida muy duras, precarias e inestables. Pueden ser despedidos o expulsados con facilidad. Por ejemplo, hoy, en la provincia de Almería, sólo un tercio de los inmigrantes viven en auténticas casas; en El Ejido, dos tercios de los inmigrantes viven en campamentos, a menudo a cierta distancia de la población. La inmensa mayoría de sus hijos reciben clases sólo en cinco escuelas, sin mezclarse con los niños del lugar. Es un poco lo que ocurría en Sudáfrica en la época del régimen racista. Desde luego, la situación no es la misma en todas partes. Y debo decirte también que millones de ciudadanos rechazan ese *apartheid*. Por lo tanto, no hay que generalizar.

Memoria

—De todas formas, resulta curioso que se olvide que también los españoles fueron emigrantes. De hecho, sigue habiendo muchos en el extranjero.

—Siempre se plantea esa pregunta porque no se entiende que, habiendo tenido que emigrar a su vez, en España algunos sean tan duros con los inmigrantes. Se dice que no hay memoria histórica, que existe como una ceguera conscientemente alimentada con respecto al pasado. Y resulta tanto más aberrante cuanto que no se trata de un pasado lejano. Es un asunto reciente, de hace apenas unos años.

—Quieren olvidar el pasado. Cuando ha dejado de existir, ¿por qué no hacerlo?

—En ocasiones es necesario. El olvido puede ser una condición para vivir mejor juntos cuando existen conflictos intensos, graves, violentos. Pero sólo resulta imprescindible si permite evitar los dramas del pasado. Ahora bien, el odio, el rechazo del otro, el desprecio social, todas esas taras volvemos a encontrarlas en la actualidad aplicadas a los inmigrantes. En este caso, el olvido es malo.

—**Entonces habría que recordar a los españoles que también ellos fueron víctimas, en el extranjero, de los malos tratos que algunos infligen hoy a los inmigrantes. No es tarea fácil. Además, si quieres saber mi opinión, se burlan del asunto. Para ellos todo eso es agua pasada.**

—Puede que sí, hija mía. De todos modos, no se sabe muy bien qué es la memoria colectiva. Y por otra parte, en España existe una especie de pacto de silencio acerca del pasado. Como si se hubiera cometido un crimen abominable, conocido por todos y que todos quieren ocultar y olvidar.

—**¿Qué crimen?**

—El pasado sangriento de España. La guerra civil, la represión, los horrores, la dictadura de Franco, todo eso, además de la emigración. Es mejor correr un tupido velo sobre ello. Olvidar. Pasar a otra cosa. Llamarse *europeo* a fin de afirmar mejor la adhesión a los valores democráticos. Se trata de una identidad nueva, con un punto de no retorno.

—**¿No retorno al pasado? ¡Pero si ya no existe diferencia entre la juventud espa-**

ñola y la del resto de Europa! Al menos
es lo que yo veo.

—Puedes decir lo mismo a propósito de casi todas las juventudes del mundo, pero se trata de una
identidad superficial. En fin, la cuestión es otra.
A mi modo de ver, si los españoles olvidan que
también ellos fueron inmigrantes en el extranjero,
es porque la emigración no constituye motivo de
gloria para nadie. Incluso en ocasiones es motivo
de vergüenza. Evoca la miseria, el hambre, la dureza de las relaciones entre españoles, en su propia
tierra... Una especie de fracaso histórico.

—**De eso nunca se habla. O bien, cuando lo hacen, es para decir que no era lo
mismo. Los españoles se adaptaban a los
países a los que iban. Eso es lo que dicen.**

—Suena demasiado idílico. Paséate por Francia, Bélgica, Suiza, Alemania, Suecia, donde hubo
inmigrantes españoles, y escucha a la gente: ¡po-
drás constatar que circulan los peores tópicos!
«Los españoles son ruidosos, siempre están de
fiesta, son violentos, les gusta la sangre de los to-
ros, sólo temen a la policía», etcétera, ¡por no hablar de la sarta de estupideces sobre los «olores»
de su cocina! Podría ponerte ejemplos peores y
mejores que ésos. Nada demasiado distinto de lo
que se dice hoy en España sobre los inmigrantes
latinos, magrebíes o africanos.

—Eso es lo que habría que decirle a la gente de aquí, papá; yo creo que sería de ayuda.

—No estoy seguro. Por supuesto, hay que decirlo, pero no sé si eso cambiaría mucho el comportamiento de las personas. En cualquier caso, no hay que contar con ello. ¿A qué nos llevaría? ¿A culpabilizar a la gente? Lo cierto es que no son las mismas personas. Los inmigrantes españoles no regresaron; sus hijos adoptaron la nacionalidad de los países donde nacieron y crecieron. Por otra parte, siempre ha existido cierto resentimiento de los que no se fueron con respecto a los que sí lo hicieron. En realidad, no les gustó que emigrasen. La emigración es una verdadera desgracia, porque el inmigrante se convierte en maldito. Maldito por haber abandonado a la familia y maldito porque es un marginado en el país de acogida. Ése es otro de los motivos por los que prefieren olvidar ese asunto.

—También hay que tener en cuenta que la situación ya no es la misma. En la actualidad se circula con más facilidad por Europa. Se puede ir y venir, ¿no?

—Es diferente, en efecto, pero no necesariamente por esa razón. Es diferente, sobre todo, porque la mentalidad dominante es cada vez más la del *nuevo rico*.

—¿Eso se aplica a todos, papá?

—Evidentemente no. Pero en España se tiene la sensación de haber pasado completamente a la esfera de la prosperidad, la modernidad y la riqueza y de pertenecer por entero al mundo desarrollado. Y se mira a los demás como a pobres, subdesarrollados. También por eso se prefiere no acordarse del pasado, pero los inmigrantes se lo recuerdan con su pobreza y su miseria. Todo resulta muy perverso.

—Entonces, según tú, ¿no sirve de nada insistir en la memoria?

—No digo eso. Sin embargo, creo que es preciso matizar. Y comprender por qué la gente quiere olvidar y lo consigue con tanta facilidad. Por lo demás, la memoria resulta pedagógica si su índole es sagrada. Para convertirse en objeto de respeto, de tabú, aquello que se recuerda debe ser sagrado. En cambio, no creo que las heridas, las infamias, los sufrimientos de que fueron víctimas los españoles en el extranjero se hayan sacralizado y convertido en tabúes.

—Resulta muy raro, papá. Es curioso cómo funcionan las cosas. No sé si tienes razón, pero es curioso. ¿Crees que a la gente le pasan todas esas cosas por la cabeza?

—Lo supongo. Consciente o inconscientemente. Unas veces con claridad, otras de manera confusa. Se trata de fenómenos muy conocidos, estudiados a fondo por los especialistas en migraciones tanto en Estados Unidos como en Canadá y Europa. Siempre se observan más o menos los mismos comportamientos. Lo cual no significa que no existan diferencias, pero las tendencias son idénticas.

—**De acuerdo, pero los que emigraron sí que no olvidan.**

—Tampoco eso está tan claro. Es un fenómeno paradójico, pero los mismos emigrantes, cuando se convierten en *inmigrantes* y tratan de integrarse en el país de acogida, se ven obligados también a *olvidar* su pasado. Deben olvidar que tuvieron que emigrar. Algunos se cambian el apellido (lo que se comprende perfectamente, ya que a menudo es una condición necesaria para la integración), otros rompen por completo sus relaciones con el país de origen. En pocas palabras, hay en ello algo muy complicado desde el punto de vista psicológico. Ése es otro aspecto de la maldición de que te he hablado y que, para mí, es inherente a toda emigración.

—**Pues sí, es realmente paradójico. ¿Ellos tienen que olvidar a su vez para sentirse bien consigo mismos? Vaya.**

—También se derivan otras cosas de esa situación, de ese trauma provocado por la emigración.

Por ejemplo, ¿sabías que en general, en los países de acogida, los inmigrantes, tan pronto se han integrado y se convierten en nuevos ciudadanos, suelen mostrar (aunque no todos) un comportamiento muy duro en relación con los nuevos inmigrantes? En Francia, concretamente en Marsella, los barrios en los que hay más racismo son aquellos en que viven los antiguos inmigrantes (italianos, españoles, griegos, armenios, etcétera). En este caso está claro: reaccionan con violencia porque los nuevos inmigrantes les recuerdan de forma palpable su pasado. Como ves, la solidaridad humana no es una tendencia evidente y natural.

—**O sea que no hay solución. Menudo pesimismo, papá.**

—Pues claro que existen soluciones. Estáis tú, tus compañeros y compañeras, los millones de personas que rechazan el componente maldito de la humanidad, que rechazan el odio. Y está también la educación.

Racismo

—Cuando ves cómo se han enredado las cosas, no puedes evitar preguntarte si algún día lograremos terminar con el racismo.

—Ante todo es preciso saber de qué se habla. ¿Sabemos lo que es el racismo? Muy a menudo uno se cree racista y acusa a los demás de racismo, pero se está refiriendo a otra cosa, se equivoca.

—Lo cierto es que resulta difícil hablar de ello, papá. La gente evita decir que es racista. Saben que está mal. Sin embargo, cada vez hay más personas que se atreven a llamarse racistas.

—Es interesante ver cómo puede levantarse ese tabú. En el fondo, el método sigue siendo el mismo: uno clasifica y luego se justifica. Te dirán: «los negros, los árabes, los latinos, los franceses», como si conocieran a cada uno de los individuos de ese pueblo. Y añadirán: «No tengo nada contra ellos en general, pero los que conozco personalmente son terribles, insoportables», o incluso: «Conozco a algunos que están bien, pero *en general* son horribles, etcétera.» Dicho de otro modo, constituyen una abstracción. Y sólo están bien si se nos parecen. Existen asimismo otras justificaciones, más elementales, pero que se disfrazan de cultura y sabiduría, del tipo: «Todas las sociedades son en cierto modo racistas, no se puede hacer nada contra eso, es así.» O sea que se considera una fatalidad. En ese caso, evidentemente, resulta difícil argumentar o discutir. Es como si dijeran: «En todas las sociedades hay idiotas y genios. Hay que asumirlo y convivir con ello. Con lo mejor y con lo peor.» No obstante, el resultado es el mismo: existe el racismo. Y poco importa cómo se explique, cómo se levante el tabú; está ahí, vive con nosotros. Por mi parte, añadiré que *infecta el ambiente*. Convierte en infernal nuestra vida. Y es tanto más aberrante cuanto que se basa exclusivamente en una memez. Me dirás: ¿cómo una memez se convierte en un fantasma colectivo? ¡Cómo una aberración se convierte en un rasgo de identidad de una sociedad, ése es el problema!

—Ése es el problema...

—De hecho, no se conoce el porqué. Resulta triste decirlo, pero es así. Aunque se trata de una actitud general, en cada ocasión el racismo es específico. Dice más sobre la identidad del racista que sobre la personalidad de su víctima. Hoy, el racismo antiinmigrante que reina en España revela en mayor grado las fobias, los rasgos patológicos de la sociedad española que los de los inmigrantes. Pues el racismo, y ésa es su característica principal, funciona gracias al *desconocimiento*. O más bien es un desconocimiento fabricado, voluntario, alimentado por la sociedad, por el individuo que lo expresa y lo divulga. Desconocimiento del prójimo, principalmente. Y cuando uno no conoce, no juzga, sino que *prejuzga*. Por eso el racismo funciona asimismo como prejuicio.

—**Es decir...**

—Es decir que te juzgan antes de conocerte, eres prejuzgada. De hecho, con frecuencia se te condena por anticipado. A priori. Por supuesto, tales prejuicios no son naturales, ni tampoco caen del cielo. Son producidos por la cultura, por la historia, por la falta de conocimiento histórico por parte de la sociedad. Están ahí, como un material psicológico listo para usar, que cada cual puede utilizar espontáneamente según la necesidad. Constituyen un fondo común.

—**Todos tenemos prejuicios, papá. Es inevitable. Pero la gente educada...**

—Sí, la educación está pensada para vencer los prejuicios. Para ello es preciso poner en juego la razón y el sentido crítico. Pero no siempre es fácil. A menudo caemos en una trampa, pues en el caso que nos ocupa, el racismo, no es tanto con respecto al otro que hay que utilizar la razón y el sentido crítico como en relación con uno mismo. El racismo es ante todo una actitud íntima. ¿Por qué reacciono así? ¿Es razonable mi reacción? Que el otro sea de tal o cual color, que se vista de esta o de aquella manera, que hable una u otra lengua... ¿por qué eso me intriga, me inquieta, en ocasiones incluso me angustia? Y yo, ¿acaso con mi color de piel, mi forma de vestir, mi lengua (que le impongo) no le doy más miedo todavía? ¿Te dices todo eso cuando sobreviene el prejuicio, cuando te invade?

—**No. No pienso en ello.**

—Y sin embargo...

—**Ya lo sé, papá. Yo trato de comprender. Por qué el desconocimiento, el prejuicio. No te explican eso a lo largo de todo el día.**

—Resultaría agotador, por cierto.

—**Al menos haría la vida más fácil a las víctimas del racismo.**

—En cierto modo. No obstante, no estoy seguro de que se sepa con certeza por dónde conviene enfocar esta cuestión. La educación, la explicación en la escuela, en la televisión, en la familia, está bien. Pero también es preciso comprender no sólo cómo funciona el racismo, sino por qué lo hace con tanta efectividad. Ahí se descubren cosas sorprendentes sobre los seres humanos.

—**Papá, tú eres profesor y filósofo. Siempre buscas la pregunta, la pregunta sobre la pregunta, hasta el infinito. ¡La gente no se toma tantas molestias!**

—Pues es una pena, hija mía. Pero lo entiendo. Sin embargo, tú misma me decías que la cuestión está embrollada y que es preciso clarificarla a fin de hacer la vida más fácil para todos. ¿Entonces?

—**Es el cuento de nunca acabar.**

—Si hubiera que acabar sin siquiera haber empezado realmente a comprender cómo se organizan, funcionan y actúan los fenómenos, entonces el conocimiento no serviría para nada. Hay que perseverar. Uno siempre gana cuando se hace preguntas. De hecho, precisamente porque la gente no se interroga es por lo que sucumbe a los prejuicios e incluso al racismo.

—**Entonces ¿por qué funciona el racismo?**

—Porque libera en cada uno de nosotros un mecanismo especial, agazapado en el fondo de nuestros instintos. No sólo el miedo a lo nuevo (lo que Freud denominaba *lo ominoso*) sino, más oculto todavía, el instinto de dominación. El racis-

mo constituye en esencia una relación de dominación con respecto al Otro. Se lo considera inferior,
peligroso, despreciable. Al aprisionarlo en nuestros prejuicios, lo rebajamos a fin de dominarlo
mejor. Dicho de otro modo, el racismo es ante todo
el rechazo de la igualdad entre los seres humanos.
Por eso se diversifica: puede estar basado en la desigualdad de raza, de color, de estatus social, de
cultura, de sexo ¡e incluso de edad! Y a veces, como
ocurre por desgracia en el caso de los inmigrantes,
intervienen todos esos factores a la vez.

—**Pero en el fondo la dominación es su-
perioridad. Así pues, uno se cree superior, mejor...**

—Porque también la sociedad está basada en la
dominación. Pero ahora no voy a meterme en hon-
duras. Quedémonos con el racismo antiinmigra-
ción. En ese caso la dominación es la que ejercen
los habitantes del lugar, los que llegaron primero. ¿Conoces la historia del compartimiento de
tren?

—**No.**

—Define muy bien esa situación. Voy sentado
en un compartimiento de tren vacío. Tengo todo el
espacio para mí. Perfecto. Me instalo a mis anchas,
me pongo cómodo, estoy bien. Al cabo de un momento entra una persona. Se sienta en el extremo
opuesto. Ya no estoy solo pero resulta soportable:

no he tenido que mover mi bolsa, que descansa en el asiento a mi lado. Luego entra una tercera persona que se acomoda entre nosotros, me obliga a mover la bolsa y obliga al otro, que entretanto se ha convertido casi en mi cómplice, a dejarle sitio. Resulta molesto, o sea, ¡ya no se puede viajar tranquilo! Eso es el racismo. Se domina un espacio, llega alguien que lo comparte contigo y te suscita desconfianza, y así sucesivamente.

—**Y si añades que en el compartimiento se pone a hablar otra lengua con una cuarta persona, estaríamos ante una invasión...**

—Lo que ocurre es que dominar el espacio resulta peliagudo en una situación de competencia. Si el instinto de dominación resulta tan fuerte es porque la sociedad está basada en la competencia de todos contra todos. Y por eso oponemos a los recién llegados todo lo que *a nuestros ojos* puede debilitarlos, a fin de justificar mejor nuestro dominio: «No son como nosotros, no comen como nosotros, no profesan la misma fe», etcétera. Todo se convierte en motivo para justificar la dominación.

—**Es lo mismo, papá, que si se los atacara en sus maneras de convivir con nosotros. Sus diferencias se vuelven desventajas. Ocurre un poco como entre los hombres y las mujeres. Ser mujer supone**

con frecuencia una desventaja en el trabajo y en la sociedad.

—La diferencia debilita cuando se halla presa en una relación de dominación. Todo depende de cómo la manipule el sistema. Unas veces puede ser negativa y otras positiva. En sí no constituye un problema. Es su utilización lo que lo plantea. Cuando recurren a la diferencia en tu contra, ése es el drama.

—Sí, porque en el fondo la diferencia existe. Está claro que hay diferencias raciales.

—Eso no está muy claro. Biológicamente existe una *unidad* fundamental de la especie humana. Todos los humanos están hechos de la misma pasta. Pero esa misma unidad se concreta a través de una multiplicidad, una variedad infinita de individuos: no existen dos seres *completamente* idénticos. La humanidad es la unidad de la especie en la multiplicidad de los géneros. Ahora bien, esa multiplicidad no se encuentra entre las razas, sino entre los individuos, por ejemplo en una misma familia.

—Sin embargo, hay diferencias entre las razas.

—En primer lugar, hay que saber qué se entiende por raza. La Unesco ya no acepta definir a los humanos según la noción de raza, ya que la consi-

dera un criterio poco científico. Suele utilizarse la
noción de etnia. La raza remite demasiado a la bio-
logía, y las leyes de ésta no se hallan suficiente-
mente establecidas para que quepa hablar de diferencias entre los seres humanos. En cambio, la
etnia es una noción antropológica: remite al sistema de parentesco, a la manera en que se organizan las relaciones de familia, al territorio en que se
despliegan e incluso a los usos y costumbres. En el
seno de una misma población existen diversas et-
nias, lo cual es válido para todas las poblaciones
del planeta.

—Pero entonces, papá, eso quiere decir que las razas no existen. Cuando veo a
un trabajador inmigrante africano, pese
a todo... cómo decirlo, pese a todo se trata de alguien que no tiene el mismo color
de piel que yo, que soy blanca. ¡El color
cuenta!

—Un gran escritor francés (para mí el más
grande), Jean Genet, dijo un día una cosa muy justa. Fue Juan Goytisolo, que era amigo suyo, quien
me contó la historia. En una ocasión en que le pre-
guntaron a Genet qué pensaba de los negros, éste
respondió: «¿Negro? ¿Qué color es ése?» Reflexio-
na sobre su respuesta y descubrirás que no se puede definir a la gente, ni siquiera hablar de ella, a
partir de su color. El color no enseña nada sobre la

persona, del mismo modo que el hecho de ser gordo o bajito no te permite juzgar la inteligencia de un hombre o una mujer.

—Qué bonita historia... Con todo, la apariencia está ahí.

—La apariencia sí, pero la apariencia no tiene nada que ver con la realidad. Oculta la unidad de que te he hablado y el hecho de que las diferencias son individuales, no colectivas. Esas diferencias están arropadas por normas culturales, tradiciones, usos y costumbres, y en realidad es eso lo que lleva a creer en desigualdades más fundamentales, biológicas.

—Es cierto que un hijo de inmigrante nacido en Madrid o en Barcelona, educado aquí, reaccionará de la misma manera que un español. Pero su nombre o el color de su piel pueden hacer creer que pertenece a otro ámbito, a otra raza o cultura. Y sin embargo...

—Sí, también se puede decir que existen razas, pero de un modo bastante superficial. Los conocimientos científicos indican que hay tres tipos fundamentales de genes que aseguran la predominancia de un color. Según qué enlaces establezcan, según la familia de genes en que se desarrollen, según las mezclas entre esos genes fundamentales, tendremos una predominancia del amarillo, el blanco o el negro. Y cambia en función de la mezcla.

—**Así pues, existen tres razas.**

—Conclusión apresurada. Hay tres familias fundamentales. Y cabe pensar que en cada uno de nosotros existe la posibilidad de producir esos tres colores. Si tomas, por ejemplo, a un negro que se casa con una blanca, su hijo será un poco menos negro y un poco menos blanco. Al cabo de varias generaciones, el color puro desaparecerá y si ese niño se casa a su vez con una negra, el nuevo niño que nazca será más negro, o en caso contrario más blanco. El hecho de que las familias de genes aparezcan tan diferentes se debe a que no están mezcladas. La bandera de la humanidad, la única que en el fondo cuenta, es amarilla, blanca y negra, ¡y el himno de la especie debería ser la mezcla resultante!

—**Si todos llevamos tales familias de genes, supongo que es eso lo que habría que explicar para derrotar al racismo.**

—Todavía hace falta algo más. Y por añadidura, hay que hacerlo desde la más tierna infancia. En la familia, en la escuela, en la calle, en todo momento. También es preciso aceptar el hecho de conocer al Otro para luchar contra el desconocimiento y su motor, los prejuicios. Tratar de comprender su cultura, su historia, sus problemas. Entonces se descubre que las diferencias no radican donde uno creía. Se aprende asimismo a no generalizar, a relativizar. Finalmente, uno llega a la idea de la igualdad. Se crea una cultura de la igualdad entre los seres humanos.

—**La educación... Pero se trata de un largo proceso, y no siempre resulta fácil.**

—Hay que armarse de paciencia, tienes razón. Y entretanto, también es preciso reprimir las discriminaciones mediante la ley. Los grupos culturales, sociales y políticos, los partidos, las organizaciones que alientan el racismo deberían ser perseguidos por la ley. Deberían prohibirse las palabras racistas en público. Habría que condenar las discriminaciones raciales, sexistas, en el empleo, en la búsqueda de vivienda, en la sanidad, en la educación. Es lo que preconiza la Declaración Universal de los Derechos Humanos, que sirve de ley fundamental a todas las naciones.

—**Se trata de un hermoso programa, papá, pero que no se aplica en todas partes.**

—Es una pena, porque cuando el racismo se convierte en un arma política, resulta terrible. Piensa en Sudáfrica. O, remontándonos un poco más atrás, en el horrible destino que los nazis reservaban a los judíos, los gitanos y los homosexuales en Alemania.

—El antisemitismo. Pero ¿por qué dicen «racismo y antisemitismo»? ¿No es lo
mismo?

—En el fondo es lo mismo. Sin embargo, la
suerte que corrieron los judíos fue verdaderamente la encarnación del paroxismo racista llevado
al extremo. Los nazis se creían seres superiores.
Y consideraban que los judíos eran los seres más
inferiores que puedan existir. Pretendían borrarlos
de la faz de la tierra. ¡Resulta increíble pero es cierto! El antisemitismo tiene raíces profundas en la
cultura religiosa occidental. Raíces religiosas que
con el tiempo se convirtieron en sociales y culturales. Por eso se especifica «racismo anti. ː()».
Y están en lo cierto.

La ley de extranjería

—Se habla mucho de la ley de extranjería. ¿A qué se debe? ¿Acaso es algo tan nuevo?

—Está bien que hablen, ya que como consecuencia tal vez pueda originarse un debate público.

—Todo el mundo quiere esa ley, pero cada cual desea incluir en ella cosas diferentes.

—Sería, en efecto, interesante ver cómo hemos llegado a este punto. Sin embargo, por el momento el resultado parece muy controvertido. A grandes rasgos, están los que quieren una ley estricta y dura, y los que se inclinan por una ley abierta, generosa y flexible.

—Pero ¿por qué una ley, papá? Se puede partir del principio de que existen derechos y deberes para los extranjeros, que hay que respetarlos, y punto. ¿Por qué una ley para los extranjeros?

—Es verdad. Sin embargo, hoy es necesario tener una ley. ¿Por qué? Pues bien, ante todo porque España, que no hace mucho era un país de emigración, se ha convertido en un país de inmigración. Antes, en la Constitución de 1978, los extranjeros eran definidos mediante nociones muy sumarias y esquemáticas, y el Estado español había asumido las obligaciones resultantes de su adhesión a las grandes convenciones internacionales (sobre todo la Convención de Ginebra sobre los refugiados, por ejemplo). Era algo vago e insuficiente.

—**Es bastante normal, puesto que no había inmigrantes.**

—Había, no obstante, muchos extranjeros. Bien, el hecho es que la situación cambió con la primera ley de extranjería, elaborada en 1985, en vigor hasta esta nueva ley de 1999.

—**¿Había, pues, una ley de extranjería en España antes de la actual?**

—Sí, pero esa ley estaba todavía muy influida por el pasado de España, por su condición de país de emigración. Por ejemplo, se basaba en el principio de reciprocidad jurídica. Es decir, que establecía que el tratamiento de los extranjeros en España debía ser comparable, idéntico, al tratamiento que reservaban a los españoles los países de donde procedían esos extranjeros.

—**Es un principio justo.**

—No; es un principio injusto cuando el país de acogida se transforma en país de inmigración.

—¿Y eso por qué?

—Vamos a ver. La regla era: si un ciudadano español se beneficia en Suecia del derecho de voto en las elecciones locales, el ciudadano sueco en España debe beneficiarse del mismo derecho. Ahora bien, esa regla es absurda. ¿Por qué? En primer lugar, porque los Estados de donde proceden los extranjeros no desean necesariamente esa reciprocidad. El rey de Marruecos, el gobierno argelino y algunos más rechazaban hasta hace poco que los nacionales que residían en Francia pudieran votar; temían que, al hacerlo, éstos dejaran de interesarse por su país y de enviar dinero. Y a su vez, prohibían que en su país los inmigrantes franceses pudieran votar. Dicho de otro modo, el derecho del extranjero en el país de acogida es manipulado, contaminado, pervertido por la política del país de origen. Pero la reciprocidad resulta injusta sobre todo porque supone un perjuicio para el derecho del extranjero a adquirir derechos tan pronto se instala en el país.

—Visto así...

—Hay más. Proceder de ese modo significa, por una parte, que los extranjeros difícilmente accedían a la ciudadanía del país de acogida, y por otra, que de ello resultaban diferencias inadmisibles entre extranjeros en España. Los franceses, los alemanes, los suecos o los brasileños residentes en España no tenían los mismos derechos. Se multiplicaban las desigualdades no sólo de los extranjeros en relación con los españoles, sino también de los extranjeros entre sí. Además, esa ley de 1985 resultaba muy sumaria con respecto a los derechos concedidos en los otros países europeos de antigua inmigración. La realidad ponía de manifiesto la necesidad de adaptar la ley a los recién llegados.

—**Pero entonces ¿qué es lo que ha cambiado?**

—¿En relación con la ley de 1985? Bastantes cosas. La antigua ley reconocía a los extranjeros el derecho de circular, los derechos fundamentales del hombre, el derecho de reunión y de manifestación, un derecho sindical limitado, sobre todo por la prohibición de crear un sindicato, y en fin, como ya te he dicho, el derecho de voto en las elecciones locales basándose en el injusto principio de reciprocidad.

—**¿La nueva ley cambia todo eso?**

—Sí... bueno, casi, pero sigue siendo objeto de muchas controversias. Entró en vigor en febrero de 2000. Revela ante todo una toma de conciencia histórica: el Estado español admite que España se ha convertido en un país de inmigración, y que debe hacer frente a todas las cuestiones planteadas por la instalación duradera de cientos de miles de trabajadores extranjeros en su suelo. Dicho de otro modo: ahora España ha superado el principio formal de reciprocidad. Define el estatuto de los extranjeros con respecto a sí misma, a sus propias necesidades, y ya no sólo en relación con los intereses de los Estados extranjeros.

—**Pero ¿qué significa eso en la práctica?**

—Mucho. Significa que los extranjeros en situación legal adquieren derechos sociales importantes en función de su instalación en España. Derecho a la asistencia sanitaria, a la educación, a las prestaciones sociales básicas, a la asistencia jurídica gratuita para los pobres, etcétera.

—**No está mal.**

—Y es normal. Los extranjeros se benefician también de mayores libertades políticas. Además de la libertad de circular y de manifestarse, en la actualidad pueden crear asociaciones y elegir a sus representantes. Cuando disponen de permiso de trabajo, tienen todos los derechos sindicales y pueden hacer huelga sin correr el riesgo de que los expulsen. Tienen derecho asimismo al reagrupamiento familiar transcurridos dos años de residencia; ya no se los puede expulsar por cualquier nimiedad. Y los que están en situación irregular pueden ser regularizados con ciertas condiciones. Por añadidura, tienen el derecho, si están legalmente instalados, de participar en las elecciones locales. Al menos en principio...

—Ah, vaya, ¿por qué en principio?

—Es que la ley está siendo discutida por el gobierno. La redacción de esta versión no partió de la derecha actualmente en el poder. En consecuencia, ésta quiere modificarla, pues la encuentra demasiado generosa. El gobierno propone cambios importantes. Los inmigrantes ilegales ya no podrían ser regularizados hasta transcurridos cinco años de residencia en España. ¡Lo que equivale a regalarlos, sin derecho alguno, a los empresarios clandestinos durante cinco años! Y durante ese tiempo sólo tendrían derecho a la educación y la sanidad. Además, el gobierno quiere volver al principio de reciprocidad por lo que respecta al derecho de voto en las elecciones locales para los extranjeros no comunitarios. ¿No están en lo cierto los que hablan de regresión? A ti te corresponde contestar.

—Desde luego así no se facilita la integración.

—Y aún no he mencionado el problema de los visados.

—¿Un problema más?

—Sí, pero éste es difícil de resolver. En la pri-

mera versión de la ley, el Estado español debía justificar su rechazo a conceder un visado al extranjero que lo solicitaba para entrar en España. Con las
mencionadas modificaciones, el gobierno ya no
tiene que aducir un motivo o justificar ese rechazo, al menos cuando la solicitud de visado concierne al extranjero que no tiene lazos familiares en
España o todavía no dispone de un permiso de trabajo.

—**Es algo quisquilloso.**

—Digamos que resulta discutible...

Convertirse en ciudadano

—Para resolver todos esos problemas, papá, tal vez habría que otorgar los mismos derechos a todas las personas que viven en España. De ese modo dejaría de haber exclusión...

—Es una manera de verlo. Pero los hechos son obstinados. Ninguna sociedad puede evolucionar a un ritmo para el que no está preparada. Por otro lado, ese lastre de la sociedad (me refiero al peso de las mentalidades, la psicología colectiva de la gente, sus prejuicios, sus angustias, sus miedos) no debe ser un pretexto para no moverse y negar sus derechos a aquellos que los merecen. Hay que saber encontrar la vía del punto medio. Hay que saber ser justo. Eso es lo más difícil, pues los que son reacios al cambio te acusan de minar las bases de la sociedad, y los que quieren cambiarlo todo de golpe te reprochan que en el fondo no quieres cambiar nada.

—**Cambiarlo todo, no cambiar nada, ¿qué «podemos» hacer?**

—La cuestión reside en el objetivo que se desea alcanzar. Es decir, en lo que se *quiere* hacer. Para mí, el objetivo es que los derechos de los extranjeros sean respetados en todas partes, y que los inmigrantes acaben por convertirse en ciudadanos de pleno derecho. El objetivo es la ciudadanía.

—**Ciudadanía. Se habla mucho de eso en el instituto. Había ciudadanos en la Antigüedad clásica, dejó de haberlos en la Edad Media, para reaparecer en el Renacimiento italiano. ¡Y la Revolución Francesa de 1789 los reinventó!**

—Se trata de un objetivo siempre buscado. No está nada mal, sobre todo si se está de acuerdo en lo que significa. Para mí, la ciudadanía no consiste únicamente en obtener derechos. Reducida a eso, la ciudadanía se diluye en el individualismo, es decir, en una defensa meramente de mis propios derechos en cuanto individuo. Por desgracia, muchos tienen esa concepción parcial y falsa de la ciudadanía. La ciudadanía consiste en obtener derechos pero también en tener *deberes*.

—**¿Obligaciones, quieres decir?**

—Sin obligaciones no hay vida en común que valga. Es la guerra de todos contra todos. La ley del más fuerte.

—Pero vivir juntos supone también respetar la libertad de cada uno.

—La libertad de cada uno significa la libertad de todos. Ahora bien, para que todos seamos libres debemos respetarnos mutuamente. Hemos de sentirnos obligados los unos con respecto a los otros. Por consiguiente, es preciso tener deberes recíprocos. El inmigrante tiene derecho a ser atendido en los hospitales públicos, a la educación, al respeto de su vida privada, pero tiene el deber de pagar impuestos, de seguir la misma educación que los españoles, de respetar su vida privada. Como hacemos todos. Tiene derecho a contraer matrimonio, a obtener ayudas para su familia, pero tiene el deber de respetar la prohibición de la poligamia, la igualdad entre hombres y mujeres. Nada puede sustituir a sus deberes, porque eso le permitirá recibir sus derechos legítimos.

—Eso de los derechos y deberes no está claro para todos. Alguien que tiene una cultura diferente ¿debe renunciar a ella si está en contradicción con la del país de acogida?

—Depende. No debe renunciar a todo aquello que su cultura tiene de universal, pero debe adaptarla a la del país de acogida.

—Suena muy abstracto.

—Pues es bien concreto. Mira, en el islam, por

ejemplo, existe un culto a la solidaridad colectiva, a la compasión por los pobres, incluso al reparto de las riquezas. Se trata de elogiables valores que no chocan con los de la cultura occidental, pero estos últimos están demasiado centrados en el individualismo y en el cerrar los ojos ante la miseria y el enriquecimiento personal. Así pues, los valores islámicos, en este caso, constituyen una aportación positiva. Como contrapartida, en el islam hay un estatus de inferioridad de la mujer con respecto al hombre, lo cual es incompatible con el principio de igualdad entre los sexos en la democracia occidental. Se trata de una regresión en relación con la cultura occidental. Así pues, el inmigrante musulmán tiene el deber de renunciar a esa desigualdad.

—¿Y si se niega?

—La ley se aplicará en defensa de la igualdad de los sexos.

—**Pero en última instancia, papá, la cuestión de los derechos y los deberes, de la ciudadanía, está incluida en la ley. ¿Para qué entonces hablar tanto de ello?**

—Para convertirse en ciudadano en la vida cotidiana.

—**¿Es que la ley no basta?**

—La ley es un conjunto de reglas, pero hay que aplicarlas en la práctica.

—**¿La aplicación no es automática?**

—No. La ley establece unos derechos, pero en la práctica no les da curso inmediatamente. Y esos derechos deben ser puestos en práctica. Por ejemplo, una política de acceso a la vivienda, a la sanidad, a la educación; una política de lucha contra el racismo, contra los que contratan a clandestinos, contra la marginación social, etcétera.

—**Es la integración de la que hablabas hace un rato.**

—La integración no es sólo social o cultural. Debe asimismo ser jurídica. En todos los países se lleva a cabo, principalmente, mediante el derecho de acceder a la nacionalidad del país de acogida. Es la más completa de las integraciones posibles. De ese modo uno se convierte en ciudadano.

—**¿No es lo mismo ciudadanía que nacionalidad?**

—No siempre. Depende de los países. En Francia, por ejemplo, no hay diferencia, porque la ciudadanía se concibe como un aspecto especial de la nacionalidad. Para gozar de todos los derechos de ciudadano, y digo *todos*, tienes que poseer la nacionalidad. Es una herencia de la tradición republicana francesa. Francia es fundamentalmente un país de inmigrantes; el contrato que une a los ciudadanos es un *contrato político*. Traduce el acuerdo sobre los valores fundadores de la república: libertad, igualdad, fraternidad. Llegar a ser ciudadano francés implica aceptar ese contrato. Ninguna otra cosa debe intervenir, ni el origen, ni la etnia, ni la cultura, ni la religión. Se trata de un ciudadano nuevo que se convierte en francés por su adhesión a los valores de la república. Por eso un gran pensador francés del siglo XIX, Ernest Renan, decía que la «nación francesa es una adhesión del día a día». No te resultará difícil imaginar que la belleza de ese modelo resulta a menudo mancillada por la crueldad de ciertos franceses que lo rechazan. ¡Ahí tienes a Le Pen!

—¿Y en España?

—Un momento. El ejemplo francés resulta interesante porque es el más perfecto. La regla que prima es la del derecho al suelo (*jus soli*). Se es francés por haber nacido en territorio francés, pero tambien por filiación parental (*jus sanguini*), por matrimonio o incluso por naturalización. En Alemania, Inglaterra o Italia es diferente.

—De acuerdo. ¿Y en España?

—La situación española está más cerca de la tradición alemana que del modelo francés.

—A ver, cuenta...

—Bien, hasta 1998 el modelo alemán se basaba en el derecho de sangre. Para ser alemán uno tenía que haber nacido de padres alemanes. Y la naturalización resultaba prácticamente imposible. Era un modelo étnico, racial. Ser alemán suponía pertenecer a una supuesta «raza» alemana. Por eso los millones de inmigrantes que allí residían no tenían la menor oportunidad de convertirse en alemanes. Las cosas cambiaron (las mentalidades todavía no) en 1998, fecha en que el gobierno alemán decidió adoptar el modelo francés de derecho al suelo, además del derecho de sangre. En consecuencia, todos los hijos de inmigrantes nacidos en Alemania pueden ahora convertirse en alemanes. Se trata de una verdadera revolución, una soberbia conquista de la izquierda alemana.

—**Entonces, ¿qué modelo impera en España, puesto que los alemanes han cambiado recientemente?**

—España está próxima al antiguo modelo alemán del derecho de sangre. Se es español si se ha nacido de padres españoles. La otra vía de acceso a la nacionalidad es la naturalización. Pero ésta se halla sometida a condiciones muy duras. Pueden obtenerla a partir de los 18 años los no españoles nacidos en España. Sin embargo, para ello es preciso que hayan vivido un mínimo de diez años en España. Además, no se trata de un derecho (como en Francia): el Ministerio de Justicia puede rechazar la solicitud de nacionalidad por motivos relacionados con el orden público o el interés nacional.

—**Eso resulta vago.**

—Más bien es claro: se otorga el derecho de negar, o incluso el *privilegio* de negar, la nacionalidad a unos y concederla a otros. Entrar en detalles nos haría descubrir cosas no demasiado halagüeñas...

—**¿Tan duro es?**

—La verdad es que sí. Y además, no debes olvidar que pocas personas solicitaban convertirse en españoles, porque no existía la inmigración. El país era pobre y estaba sometido a un régimen autoritario, el franquismo.

—**Las cosas ya no son así.**

—Tanto mejor. Por lo demás, incluso esa ley un tanto anacrónica de la nacionalidad está en vías de evolucionar. Por ejemplo, ciertas categorías de personas se benefician de derogaciones y pueden solicitar la nacionalidad sin esperar a que se cumplan diez años de residencia; es el caso de los refugiados políticos o de los naturales de países que en su día dependieron de España, como los países latinoamericanos, Andorra, Filipinas, Guinea Ecuatorial o Portugal.

—**Con todo, tu opinión es que la ley española de la nacionalidad resulta demasiado severa...**

—Yo estoy por el derecho del suelo. Y por la libre elección. Creo que todo cuanto favorece la ciudadanía está bien, pero también creo que el objetivo de la ciudadanía es permitir al inmigrante convertirse en nacional del país en que vive. Estoy a favor de facilitar el acceso a la nacionalidad.

—**Dicen que la construcción europea contribuirá a ello.**

—En realidad, la construcción europea apareja una separación más tajante entre ciudadanía y nacionalidad. Y la tendencia es a conceder derechos a los ciudadanos europeos, con independencia de su nacionalidad: derecho de libre circulación, de residencia en todos los países de la Unión Europea, de voto en las elecciones locales, de defensa de sus intereses cuando se encuentran fuera de la Comunidad por parte de cualquier país de la Unión Europea.

—**Eso está bien, ¿no?**

—Resulta útil. Pero también en ese sentido el problema es complejo. Te ahorraré mis dudas al respecto.

—**En cualquier caso, el derecho de voto está bien. ¿Los inmigrantes no comunitarios podrán beneficiarse de él?**

—También en ese sentido existe un problema. Cada país reacciona a su manera, aun cuando todos estén obligados a aplicar las normas de la Unión Europea. Probablemente España se verá obligada a adaptar su ley. Sus actuales inmigrantes no son, en su gran mayoría, originarios de los países de la

Unión Europea. Y, como ya he dicho, el principio de reciprocidad resulta absurdo. Si la ley no evoluciona... bien, estarán, por un lado, los nacionales europeos y los pocos extranjeros que puedan beneficiarse de esa reciprocidad, todos ellos con derecho de voto, y por otro, habrá una inmensa mayoría de trabajadores inmigrantes excluidos de toda participación en la vida local.

—**Es injusto.**

—Y absurdo, pues participar en la vida local supone convertirse en ciudadano, integrarse, impedir, por la toma de responsabilidad individual y colectiva, el desarrollo del racismo, compartir derechos y deberes con los ciudadanos del país de acogida. A España, visto lo que ocurrió en El Ejido, en Terrassa, en los campos de Níjar, le interesaría favorecer la integración ciudadana de sus inmigrantes.

Una nueva religión europea

—¿Has oído hablar, papá, de ese imán (de Marbella, creo) que ha publicado un libro en el que explica cómo se puede golpear a las mujeres sin dejar marcas?

—No he leído ese libro. Pero si lo que dicen es cierto, ese señor merecería que cayera sobre él todo el peso de la ley y que lo condenaran por apología de la violencia. Y si es extranjero, ¡que lo expulsaran por atentar contra la seguridad nacional! Por una vez, la expulsión de un extranjero sería aplaudida por todo el mundo...

—Pero él dice que es en nombre de su religión, el islam. Que se trata de su cultura.

—Me extrañaría. O entonces es que no ha entendido nada de nada. En realidad, si lo que me cuentas es cierto, ese individuo intenta ayudar a aquellos que en España tienen ojeriza a los inmigrantes musulmanes. Es un enemigo declarado de la inmigración.

—Espero que todos los musulmanes no sean así.

—No te preocupes, en Europa la inmensa mayoría de los musulmanes no tienen nada que ver con tales aberraciones. Son personas dignas, trabajadoras y tolerantes. Se adaptan muy bien a la cultura del país de acogida. Pero en todas partes hay deficientes mentales, tanto entre los musulmanes como entre los judíos o los cristianos. Por desgracia es así.

—En cualquier caso, no da una buena imagen de esa religión.

—Ya, pero ¿qué podemos hacer? Lo que resulta más grave es que el hecho viene a confirmar los viejos prejuicios, enterrados en la conciencia colectiva, contra los musulmanes. Si hay un país en el que no se deba jugar con esas cosas es sin duda España, pues aquí la cultura se constituyó contra el islam. Hubo siglos de enfrentamientos. Los musulmanes españoles fueron expulsados por la fuerza, al igual que los judíos. Fueron las primeras deportaciones masivas de población, a partir de finales del siglo xv. España siguió siendo, no obstante, el país de las tres confesiones, cristiana, judía y musulmana. Y en la actualidad el Estado reconoce oficialmente esa herencia. Opino que está muy bien.

—Así pues, ¿existen viejos conflictos?

Más bien tengo la impresión de que reina una gran indiferencia, no conflictos.

—Conflictos muy antiguos que no puedo explicarte aquí. Es mejor seguir pensando en la globalidad de Europa; en realidad, aun cuando en Europa la religión se ha convertido en un asunto privado, el cristianismo continúa impregnando la conciencia colectiva. A menudo para lo mejor (la solidaridad), en ocasiones para lo peor (¡exterminar al infiel!). Ahora bien, eso significa que la mirada que se dirige a las otras religiones sigue siendo religiosa. Sin embargo, la religión no constituye sólo una fe; la integran asimismo, y sobre todo, prescripciones, comportamientos e instituciones. Por consiguiente, si aparece en escena una religión nueva, como ocurre con los inmigrantes musulmanes, es preciso admitir que se encarna de la misma manera. Pero no resulta fácil admitirlo.

—¿Por qué?

—Porque la gente no está habituada a ello, porque todo el mundo no está de acuerdo respecto al papel y el significado de la religión en la vida práctica, porque los mismos recién llegados no saben muy bien cómo arreglárselas para aclimatarse al país de acogida.

—Nuevas dificultades en perspectiva.

—En efecto. Pero, como ya te he dicho, la sociedad únicamente se plantea los problemas que puede resolver. Y ése también lo resolverá.

—¿**Tan seguro estás, papá?**

—Al menos así lo espero, y tengo sobradas razones para creerlo, pues en el fondo el problema no es la religión; se trata de algo más profundo. El problema es el sistema en el cual se plantea la cuestión de la religión. Ahora bien, en la actualidad existe una oportunidad excepcional: todas las sociedades europeas son democráticas. Y la democracia implica el pluralismo de opiniones.

—**O sea...**

—Que implica el pluralismo de confesiones, con tal que se respeten mutuamente. La democracia debe organizar ese pluralismo, establecer los límites de expresión de la religión salvaguardando el respeto a la libertad de conciencia y de creencias que se reconoce a todo ciudadano.

—**Pero entonces ese imán...**

—Está en un error, pues propugna la violencia. Eso la sociedad debe condenarlo, y la democracia impedirlo. Organizar la libertad de creencias sólo resulta posible si las bases laicas de la democracia se hallan bien consolidadas.

—¿**Qué son las «bases laicas»? Dicen que España no es oficialmente laica.**

—Ciertamente, al menos no en el sentido francés, republicano, del término. Pero también es cierto que en España se acepta considerar la religión como un asunto privado. La razón es que en la práctica, como en todas partes, el país está profundamente secularizado. No se obliga a la gente a creer, ni se la rechaza cuando es atea.

—¿Es eso la laicidad?

—En realidad es mucho más que eso. Consiste, sobre todo, en el respeto de la religión como cuestión privada. En el reconocimiento de los mismos derechos y las mismas obligaciones para todas las confesiones. Consiste asimismo en el respeto de la cultura mayoritaria y en la protección de las culturas —y por ende de las religiones— minoritarias. Complicado pero indispensable.

—En especial si tenemos en cuenta que la inmigración será duradera e incluso, según dices, se desarrollará.

—Todos los países europeos de inmigración se ven enfrentados a ese desafío. Cada cual a su manera, trata de resolverlo democráticamente y teniendo en cuenta la identidad confesional de la población. ¡Es lo mínimo que cabe exigir!

—De lo contrario la cosa podría degenerar en guerra religiosa.

—Sí, y en tal caso, nadie sabe lo que podría ocurrir, pues la religión, como sin duda comprendes, pulsa teclas sagradas, es decir, algo esencial y no siempre racional en la conciencia de la gente.

—Así pues, tal como ocurre en otros países, hay que encontrar los medios para permitir a los musulmanes vivir en su religión, al igual que sucede con los cristianos y los judíos.

—No existe solución ideal, hija mía. Pero contempla el cuadro: hoy hay unos quince millones de musulmanes en Europa. No es ninguna nimiedad. El islam se ha convertido en la segunda religión europea, después del catolicismo. Alemania, Francia, Inglaterra, Holanda, Bélgica e Italia cuentan con millones de musulmanes. Eso representa una realidad que no es posible ignorar. Y si los Estados de acogida no hacen nada al respecto, otros pueden encargarse de ello en su lugar. Entonces los resultados serían catastróficos.

—¿Qué quieres decir?

—Que esta cuestión está en carne viva. Y que hay que ocuparse de ella con seriedad y rapidez. Se ha convertido en un asunto de responsabilidad política.

—Ahora sí que no te sigo...

—Si los inmigrantes musulmanes se sienten abandonados, despreciados en su fe, se encerrarán en sí mismos y harán de su religión un *refugio identitario* contra la dureza de la sociedad de acogida. Además, los Estados de donde proceden intentarán controlarlos por medio de la religión. Financiarán la construcción de mezquitas, enviarán a ministros del culto que estarán a sueldo del país de origen. E impondrán su propia visión del islam en el país de acogida. Numerosos países ricos de confesión musulmana ya lo están haciendo. En fin, también los movimientos integristas acechan a la inmigración. Se aprovechan del desasosiego de los inmigrantes no integrados, del racismo, de la marginación, para propagar su fanatismo religioso y transformar la confesión en ideología política. Por eso creo que no hay que postergar la ayuda a aquellos inmigrantes que quieren integrar su religión democráticamente en el país de acogida.

—¿Tan grave es la amenaza?

—Por el momento no existe una amenaza seria. Hay tanteos, mucha incomprensión, los prejuicios habituales. Pero el islam de los inmigrantes es pacífico, tolerante, abierto. Debe adaptarse, y hay que dejarle el tiempo necesario para hacerlo.

—¿Adaptarse a qué?

—A la laicidad, es decir, al hecho de que la práctica religiosa sea un asunto privado; a los valores de fondo, por ejemplo, a la igualdad de los sexos; al país de acogida, a saber convertirse en un islam español y no permanecer en la tesitura de extranjeros.

—¿Qué significa eso en la práctica?

—El Estado debe ayudar a los musulmanes a organizarse al tiempo que establece ciertas reglas. Pongamos algunos ejemplos. El Estado ha de velar por que las asociaciones de culto (llamadas «culturales») no tengan carga política; debe definir unas reglas para la implantación de los lugares de culto, evitando, en especial, que esos lugares incomoden a la población no musulmana; mostrarse puntilloso con respecto a la nacionalidad de los ministros del culto (los imanes, pues es conveniente que sean de nacionalidad española y formados en España), y favorecer la creación de centros de plegaria en algunos lugares públicos (aeropuertos, hospitales, etcétera); debe asimismo permitir la enseñanza privada de la religión, velando por que no caiga en manos de fanáticos o de Estados extranjeros; respetar las prescripciones alimentarias para los musulmanes (y los judíos) y, sobre todo, controlar estrictamente la matanza ritual de animales con ocasión de las festividades religiosas; debe, en fin, conceder lugares de sepultura decentes para los musulmanes en los cementerios y autorizar sus festividades religiosas, como hace con las demás religiones...

—¿Llegaremos a conseguirlo?

—¡Vaya pregunta! Si tus amigos toman conciencia de esos problemas con la misma paciencia que tú demuestras, ¿cómo dudarlo?

—Tomar conciencia, papá, no resulta difícil, puesto que soy yo quien te pregunta. Sin embargo, aceptar y comprender todo eso es harina de otro costal.

¿Existe un modelo europeo?

—A juzgar por todo lo que me cuentas, España todavía no ha acabado con el asunto de la inmigración... Debe dar los últimos retoques a la ley de extranjería y asimismo permitir que los inmigrantes musulmanes puedan practicar plenamente su religión aquí. Por lo demás, en lo concerniente a la ley, se dice que también Europa busca promulgar una ley para la inmigración. Si fuera posible, eso evitaría que el Gobierno español tuviera que dedicar demasiado tiempo a su elaboración, ¿no?

—No es tan sencillo. La inmigración no es una especie de piedra que uno pueda desplazar a voluntad. Se trata de una realidad humana. La gente va allí donde puede encontrar acogida: familias, conocidos, amigos, etcétera. Y acuden también en función de las relaciones entre su país y el país

donde quieren trabajar: un malí irá con mayor facilidad a Francia que a Holanda. La diversidad de las
leyes sobre la inmigración obedece, pues, a la diversidad de las relaciones entre los diferentes países europeos y los países de origen. No obstante,
existe un intento de establecer normas comunes
de entrada en el territorio europeo. Ya te he hablado de los Acuerdos de Schengen, que conciernen
esencialmente al *solicitante de asilo*. El principio es
bastante simple: si un extranjero obtiene el derecho de entrada en un Estado europeo, obtiene asimismo el derecho de circular por todos los Estados europeos. Si es rechazado por el Estado ante
el que ha presentado solicitud de asilo, los otros
Estados signatarios de los acuerdos pueden a su
vez rechazarlo sin más dilación...

—¡**Resulta muy cómodo cuando no se
quiere acoger a muchos solicitantes de
asilo!**

—Exactamente. Y resulta tanto más cómodo
cuanto que el solicitante de asilo sólo puede pre-
sentar una solicitud cada vez ante un solo Estado
del espacio Schengen. Con todo, debes saber que
los Estados signatarios no están obligados a rechazar a un solicitante de asilo rechazado por otro
Estado. Conservan el derecho de acogerlo; sin embargo, en tal caso el solicitante de asilo no podrá
viajar a ningún otro país del espacio Schengen,

fuera de aquel que lo ha acogido. Los inmigrantes hacia los que más apuntan esos acuerdos son los procedentes de países del sur. El sur da miedo, hija, cuando precisamente la pobreza del sur debería incitar a la solidaridad, ¡incluidas las migraciones! Nuestro mundo no es muy solidario, supongo que no necesito subrayártelo...

—**Pero esos acuerdos entre países europeos significan que todos los países deberán tener la misma actitud con respecto a los inmigrantes, mientras que tú me has dicho que los países europeos no eran comparables... ¿Entonces?**

—Y con razón. Por un lado están los países de inmigración veteranos: Francia, Alemania, Gran Bretaña. En la actualidad, esos países estiman que ya no pueden acoger a nuevos y numerosos emigrantes. La principal razón esgrimida es el paro. No obstante, eso está cambiando con la recuperación económica...

—**¿Por eso la ONU ha dicho recientemente que los países europeos debían acoger a muchos más inmigrantes?**

—Por eso y también, sobre todo, para atajar al envejecimiento de la población europea y hacer que en años venideros haya suficientes trabajadores para pagar las jubilaciones de los ancianos, que serán cada vez más numerosos. De todos modos, no hay que tomar lo que dice la ONU como palabra del Evangelio. Se trata de una propuesta entre otras, quizá demasiado simple. Sabes, no estoy seguro de que se pueda hacer venir de golpe, así como así, a un gran número de extranjeros. Previamente se requiere haber preparado durante largo tiempo su integración y saber qué futuro puede reservarles la sociedad. Como te decía, las sociedades no son objetos que uno pueda desmenuzar y transformar a su capricho, sino seres colectivos vivientes, cuyas reacciones es preciso sondear. Sea como fuere, actualmente los antiguos países de inmigración controlan las entradas y la estancia de los extranjeros de manera bastante rigurosa. No ocurre lo mismo con los nuevos países de inmigración. Los italianos, por ejemplo, con la ley del 6 de marzo de 1998, quieren gestionar de modo eficaz la entrada en su territorio, pero sin prohibir la contratación de trabajadores extranjeros. Creen que de esa forma podrán reducir la economía sumergida. En su ley han suprimido la norma según la cual un empresario no tenía derecho a contratar a un trabajador extranjero sin haber verificado antes que ningún trabajador italiano podía responder a su oferta de trabajo. El Estado italiano prevé incluso la creación de un visado de entrada para el extranjero a fin de que pueda buscar trabajo en Italia. Sin embargo, cualquier trabajador no puede entrar cuando quiera en el país; es necesario que su nacionalidad o su profesión correspondan a las *cuotas* anuales (es decir, al número de trabajadores que se considera necesario) establecidas por el Gobierno. El objeto de esta apertura a los trabajadores extranjeros, además de responder con flexibilidad a las necesidades del mercado de trabajo, es reducir lo más posible la inmigración ilegal. Por otra parte, ahora que lo pienso, entre los viejos países de inmigración hay un caso interesante, el de Alemania...

—Pero ya me has explicado que hasta hace poco los alemanes tenían un concepto étnico, racial, de la nacionalidad. Imagino que con la inmigración ocurre lo mismo.

—Pues no, precisamente. Debes distinguir entre *política de integración*, cómo trata en su seno la sociedad de acogida a los extranjeros, y *política de gestión de las migraciones*, cuántas personas acogemos cada año, de qué nacionalidad, con qué cualificación, cómo tendremos en cuenta los intereses del país de origen cuando acogemos a sus científicos y sus ingenieros, etcétera. El hecho de que el concepto alemán de nacionalidad fuera étnico no lo convierte automáticamente en racista. Es susceptible de conducir con mayor facilidad a ese extremo, pero Alemania es un país democrático y las mentalidades evolucionan hacia un concepto ciudadano de la nacionalidad. Existe, qué duda cabe, un nexo entre la política inmigratoria que Alemania pone en práctica y su antiguo concepto de nacionalidad. Alemania sigue considerando que los recién inmigrados no tienen intención de quedarse en el país. Por consiguiente, la política está orientada hacia el *regreso* de los inmigrantes a sus países de origen. Lo que interesa al Gobierno es que los trabajadores extranjeros puedan acudir en caso de necesidad y luego volver a marcharse. Por lo tanto, ha elaborado, en colaboración con los Estados de origen (Polonia, República Checa, Eslovaquia, Hungría, Turquía, etcétera), unos acuerdos que reglamentan las *idas* y *venidas* de los trabajadores. El enfoque que Alemania dirige a los inmigrantes es absolutamente utilitario: los inmigrantes deben servir a la economía del país y luego desaparecer. Con todo, a pesar de ese rechazo del Otro, hay en esa visión dos elementos positivos: por una parte, la idea de que hay que gestionar la inmigración en común con el país de origen; por otra, un intercambio más intenso con esos países. Y éstos pueden aprovecharse de la experiencia y la formación adquiridas por sus trabajadores en Alemania. Así pues, Alemania crea las condiciones para que puedan regresar a casa. Se trata de una concepción menos generosa que la francesa pero más realista, sobre todo si se acepta la idea de que los inmigrantes deben también ayudar a su país de origen.

—En España todavía no hacemos eso, pero con los marroquíes, por ejemplo, podríamos hacerlo. El sistema alemán no me parece tan malo, tiene en cuenta las necesidades de los países pobres.

—Cierto, pero también está el reverso de la moneda: una población de paso tendrá siempre menos derechos, será más maltratada y trabajará en peores condiciones, aun en el caso de que la ley intente limitar tales abusos. ¡Eso no cuaja mucho con la igualdad de derechos! Por lo demás, aquí mismo lo ves con claridad, y lo mismo sucede en Italia o Grecia.

—Pero ¿no sería posible tener a la vez una buena integración de los inmigrantes que quieren quedarse y soluciones como las de Alemania con los países de origen? Eso permitiría ayudarlos, actuar sobre las causas de la miseria.

La inmigración y la solidaridad

—Escucha, hija mía, el futuro de los países de origen de los inmigrantes depende principalmente de ellos mismos. Nosotros no solventaremos sus problemas en su lugar. Deben encontrar los mejores medios para hacerles frente. Hay que ayudarlos a construir verdaderos Estados de derecho, que respeten los derechos del hombre y del ciudadano. No se trata de una fórmula vacía. Entre otras cosas, los derechos del ciudadano estriban en poder luchar en su país por mejorar sus condiciones de vida. Acto seguido, debemos ayudar a esas naciones a acceder al progreso tecnológico y al desarrollo económico. De ese modo podrán satisfacer mejor sus necesidades. Por último, y quizá lo más importante, debemos incitar a los inmigrantes instalados en Europa a ayudar a su país. No se trata, pues, sólo de cooperar por el comercio, o por la ayuda directa en dinero, o por la formación de los técnicos. Es preciso que también la inmigración ayude a los países de origen. Eso se conoce como *codesarrollo*.

—¿Quieres decir que los inmigrantes deben trabajar en Europa para ayudar a su país? ¡Pero si abandonaron su país para vivir mejor en Europa!

—De hecho, el inmigrante instalado en Europa no pierde de inmediato el contacto con su país de origen, su pueblo, su familia. Eso acaba por llegar algún día, si se establece definitivamente en un país europeo. Pero, en general, el proceso lleva años, incluso una generación, durante los cuales envía dinero al país para ayudar a la familia. Algunos no están seguros de querer quedarse en Europa, de manera que se construyen una casa en su país de origen, ahorran para abrir un comercio, una pequeña empresa, en resumen, algo que demuestre que no se desarraigaron durante años para nada. Otros van más lejos; los marroquíes, por ejemplo. Junto con los malíes, se trata de inmigrantes muy ligados a su país. Conozco en Francia una asociación de modestos trabajadores marroquíes que, sin la ayuda de nadie, ha financiado la electrificación de varios pueblos en su región de origen. Ahora quieren construir escuelas, pequeños hospitales, centros culturales, comercios, pequeñas empresas en regiones remotas de Marruecos o Malí. Para ello, gestionan colectivamente sus ahorros en Francia y envían el dinero para servir a su país también colectivamente. Crean pequeñas empresas individuales o colectivas, porque saben que sólo pueden contar consigo mismos para lograrlo. ¿Y sabes por qué lo hacen? Porque no quieren que sus hijos emigren, que sus mujeres emigren, que sus vecinos emigren. Saben que la emigración no es algo fácil. Y que el racismo aguarda al emigrante. Pues bien, en lo que a mí respecta, creo que hay que ayudar a esa gente.

—**Entonces ¿debemos ayudarlos a ayudar a su país de origen?**

—Sí, de eso se trata. Pero todo el mundo debe implicarse. Hay que conseguir asimismo que las empresas privadas inviertan en esos países, pedirles que contribuyan allí mismo a la formación de los obreros que necesitan. Debemos hacer un llamamiento a las alcaldías en el país de acogida, a los Gobiernos regionales, que con frecuencia tienen inmigrantes procedentes de ciudades, pueblos y regiones con los que deben establecer relaciones. Eso se denomina cooperación *descentralizada*, es decir, que las relaciones entre esas ciudades y las de los países extranjeros no están definidas sólo por las relaciones entre los Estados. También están las organizaciones no gubernamentales (ONG), o sea, organizaciones privadas cuyo objetivo no es conseguir beneficios sino prestar servicio a la colectividad, y existe el movimiento asociativo de los propios inmigrantes. Hay que ayudarlos. En la actualidad, tanto en España como en casi todos los países europeos, la ley autoriza a los extranjeros a organizarse en asociaciones. En Francia, por ejemplo, hoy puedes encontrar miles de asociaciones de inmigrantes. Se trata de una red original, eficaz y voluntaria. Tienen decenas de miles de miembros. Hay que asociarlos a esa política de codesarrollo para que conozcan a la vez las posibilidades en los países de acogida y las necesidades concretas del país de origen, del pueblo, del barrio de que proceden. Encarnan una solidaridad viviente con el sur. Es preciso asimismo que las universidades adapten sus programas para los estudiantes extranjeros en función de las necesidades de sus países. ¿Sabías que muchos estudiantes vienen a estudiar aquí y se quedan definitivamente? Resulta escandaloso, porque supone una pérdida enorme para los países de origen, que les pagaron la educación primaria, secundaria y a menudo superior. Y nosotros nos aprovechamos del resto, es decir, de la formación especializada que adquieren aquí.

—¿No será porque no encuentran trabajo en su país? Y además, cuando se ha vivido varios años en un país, no es fácil abandonarlo.

—¿Y qué? Ya lo sabían *antes* de irse. Del mismo modo que entiendo al trabajador que no tiene ganas de volver a su país porque no le dieron nada antes de partir, ni educación ni pan, no comprendo al estudiante que se niega a volver a su país cuando le han pagado su educación antes de marchar y a menudo durante su estancia en Europa mediante becas. Es el deber mínimo del ciudadano devolver a su patria lo que ésta ha hecho por él. Son los pobres ciudadanos de esos países quienes han pagado la educación de esos estudiantes. En cuanto a los países europeos, no pueden decir que quieren ayudar a esos países y al mismo tiempo despojarlos de sus científicos y técnicos. Hay que saber lo que se quiere.

—**Eres un optimista, papá. Lo cierto es que se requerirán grandes dosis de paciencia para hacer admitir todo eso...**

—Debemos al menos cambiar la mirada que dirigimos a la inmigración. Al contemplarla como un «problema» no conseguimos resolver ese «problema». Ahora bien, la inmigración no es un problema, sino un elemento natural de la historia de toda sociedad, de todo pueblo. Es necesario asimismo que Europa asuma sus responsabilidades. España recibe cada vez más inmigrantes magrebíes, africanos, y sigue recibiendo latinoamericanos y filipinos. Francia recibe sobre todo del Magreb y del África Negra, pero también de Asia y los países del Este. Alemania recibe turcos, marroquíes, polacos y rusos. Inglaterra, asiáticos, africanos y caribeños. Cada país atrae a las nacionalidades a las que está ligado por su historia pasada y presente. Pero ninguno podrá hacer frente solo a ese aflujo de población. Se necesitan políticas nacionales junto con una política europea, ¡ya que se habla tanto de Europa!

—**¡Menudo trabajo!**

—Me sentiría satisfecho si tú, en el instituto, empezases a explicar a tus compañeros que la inmigración no constituye una amenaza sino una oportunidad. Y que hay que ayudar a los países pobres, a fin de que la gente ya no tenga necesidad de huir de la miseria.

¿Pronto nueve millardos de seres humanos?

—El indio número un millardo acaba de nacer. Se habla de ello como si se tratase de un acontecimiento excepcional. ¿Por qué?

—Ante todo, no se sabe con certeza si ese niño es verdaderamente el que hace un millardo en la India, ni siquiera si en realidad ese país tiene un millardo de habitantes. Es posible que los hindúes sean más numerosos, pero también que su número sea inferior. Se trata de algo simbólico. Lo que eso significa es que la población de la India ha franqueado un nuevo umbral, algo así como el hecho de que hayamos pasado del siglo XX al XXI. Sólo dos países cuentan con más de un millardo de habitantes: China y ahora la India. Eso quiere decir asimismo que la población asiática tiene un gran peso específico dentro de la población mundial...

—¿Cuántos somos en el mundo? ¿Se sabe?

—Seis millardos, pero se trata de cifras aproximadas, pues en numerosos países, en especial los países pobres, resulta muy difícil hacer un recuento exacto de la población.

—**Es mucho.**

—Sobre todo, constituye una novedad en la historia demográfica del mundo.

—**«Demográfica»... Hay que ser un especialista para entender ese término.**

—Procede de *demos* y de *graphos*, que significan «pueblo o gente» y «escritura», respectivamente. Así, la demografía es la ciencia, digamos más bien la disciplina, que se ocupa del número y la historia de las poblaciones de la Tierra. El crecimiento demográfico puede ser positivo o negativo, lo cual significa, en el primer caso, aumento del número de habitantes, y en el segundo, disminución. Sin embargo, la aceleración con que se ha desarrollado la población mundial desde 1830 es verdaderamente impresionante. Para hacerte una idea, se estima que en la época de Cristo había aproximadamente doscientos millones de personas en el planeta. En 1830 se pasó a un millardo; por consiguiente, se requirieron dos millones de años desde el principio de la humanidad para alcanzar un millardo. En cambio, bastaron cien años para pasar a dos millardos, hacia 1930; luego, sólo cincuenta años para doblar esa cifra: cuatro millardos alrededor de 1980. Y apenas veinte años después se han alcanzado los seis millardos. Así pues, en el siglo xx asistimos a una formidable explosión de la población mundial... y es asimismo un siglo de grandes tragedias humanas.

—Si la cosa continúa así, ¡no soportaremos estar juntos! Seremos cada vez más numerosos. ¿No te parece un poco inquietante?

—Los especialistas sostienen que en 2025 seremos entre siete y nueve millardos. No obstante, también se cree que la población mundial podría dejar de crecer con semejante intensidad, y que se estabilizaría a finales de este siglo xxi en torno a los doce millardos de habitantes.

—Uno no puede evitar preguntarse si habrá suficiente sitio para todos. ¡Y comida!

—En principio sí, pues hemos aprendido igualmente a producir mayores riquezas. El problema radica en su reparto, así como en los lugares donde se encuentra esa población. No toda la población crece en todas partes al mismo ritmo. Desde el final de la Segunda Guerra Mundial, el crecimiento demográfico proviene principalmente, en un 90 por ciento, de los países del Tercer Mundo, y en los años venideros éste participará casi en un ciento por ciento, es decir, prácticamente solo, en ese aumento. Ahora bien, como sabes, en el Tercer Mundo se encuentra la mayor pobreza, lo cual supone un verdadero problema. De hecho, es una de las principales razones de la emigración. En el Tercer Mundo, la población crece mucho más deprisa que las riquezas, y en consecuencia tiende a empobrecerse más que a enriquecerse. A lo largo de mucho tiempo, los hombres no han sabido ni cuidarse ni vivir según unas reglas de higiene que los protegieran de la muerte, ni producir suficientes riquezas para evitar las hambrunas. Por ejemplo, las mujeres que morían durante el parto eran en extremo numerosas, en ocasiones sencillamente porque la comadrona no se lavaba las manos y les transmitía infecciones que les producían la muerte por falta de cuidados y medicamentos. Tal situación solía provocar dos muertes a la vez: la madre y el hijo. Hasta mediados del siglo XIX hubo, pues, al mismo tiempo numerosas muertes y numerosos nacimientos.

—Bueno, muchas muertes y muchos nacimientos equilibran la balanza...

—Cuando en una población se producen a la vez muchas muertes y muchos nacimientos, los demógrafos lo denominan *régimen demográfico antiguo*. Antiguo con respecto a la actualidad, en que la situación es muy diferente. En el régimen demográfico antiguo los nacimientos eran nume-

rosos al menos por tres razones: los medios anti-
conceptivos eficaces, la píldora, por ejemplo, no
existían; las sociedades, inconscientemente, trataban de compensar las muertes con los nacimientos a fin de no desaparecer, y los niños, a menudo
muy pequeños, ayudaban a su familia a producir
los medios de subsistencia. Por consiguiente, resultaba necesario que fuesen numerosos. Además,
cuando los padres envejecían, los hijos los toma-
ban a su cargo y se ocupaban de ellos. Se trataba
de una civilización que era sobre todo campesina,
rural.

—Así pues, durante siglos las muertes
anulaban los nacimientos, y por eso la
población apenas crecía.

—En efecto; vivían en un régimen demográfico
antiguo: tantas muertes, tantos nacimientos. Incluso se daba el caso de poblaciones que dismi-
nuían. Desde mediados del siglo XVIII esa situación
cambió progresivamente. Las hambrunas desapa-
recieron en Europa, se produjeron mayores riquezas, la medicina realizó considerables avances y la
higiene se convirtió progresivamente en un elemento esencial para la calidad de vida. Resultado:
descenso de la mortalidad, lo cual hizo que la población se disparase, puesto que había muchos nacimientos y cada vez menos muertes. En algunos
países del Tercer Mundo, tal situación prevaleció

hasta mediados de los años sesenta. Sigue siendo válida en la actualidad en Palestina, por ejemplo, y también en algunos países del África Negra o del sudeste asiático. No obstante, en conjunto el número de nacimientos está descendiendo en todo el mundo. Estamos llegando, pues, a una situación en que el número de muertes disminuye y el número de nacimientos disminuye igualmente...

—**Comprendo que el número de muertes disminuya si se sabe cuidar a la gente, pero ¿por qué disminuyen los nacimientos?**

—Por diversas razones. Cuando los hombres pueden producir mayores riquezas con menos brazos, cuando a su alrededor ya no mueren tantas personas, tienden a tener menos hijos. Además, las mentalidades han cambiado; la persona, el individuo, se ha vuelto más importante y los padres han preferido tener pocos hijos a fin de poder criarlos en buenas condiciones. El enriquecimiento de la sociedad y el progreso técnico sustituyeron de manera progresiva los brazos por máquinas. Entonces, los niños ya no eran tan necesarios para la producción, y quienes luchaban por mejorar las condiciones de vida de los obreros, las mujeres y los niños lograron obtener, a costa de numerosas luchas, que los niños dejasen de trabajar. Por el contrario, se los enviaba a la escuela y luego a la universidad. Era necesario, pues, que los padres pudieran sustentarlos hasta la edad adulta. Y eso cuesta caro. Los padres optaban cada vez más por tener menos hijos. También la anticoncepción desempeñó un gran papel, al permitir que las mujeres eligieran tener hijos o no tenerlos. Por ejemplo, lo que se observa en todas partes es que las mujeres tienden a tener hijos más adelante en su vida. Resultado: tienen menos, puesto que el período durante el cual pueden concebir se ve limitado. En algunos países, como China, son los gobiernos quienes han decidido frenar los nacimientos, tratando de obligar a los padres a tener sólo uno o dos hijos. Semejante medida sigue sin funcionar muy bien. Sea como fuere, el crecimiento de la población mundial se reduce, y hoy nos encontramos en una situación en la que tanto la mortalidad como la natalidad son débiles. Estamos viviendo el fin del régimen conocido como *transición demográfica*, es decir, el paso del antiguo régimen al nuevo. No olvides que eso corresponde al paso hacia la civilización urbana.

—De acuerdo, pero si hoy hay pocos nacimientos y pocas muertes, entonces la población debería ser siempre la misma.

—No es tan sencillo: la natalidad desciende con mayor lentitud que la mortalidad. Durante cierto período todavía se producen una gran cantidad de nacimientos y cada vez menos muertes. Todo esos nacimientos forman una población joven, muy numerosa. Y aun cuando cada uno de esos jóvenes tenga menos hijos que sus padres o sus abuelos, su número es tan grande que la población no se resiente. Se requiere que el descenso de la fecundidad sea muy fuerte, que muchas mujeres no tengan ningún hijo, por ejemplo, para que la natalidad disminuya realmente. Luego, el proceso puede ir muy rápido en el otro sentido. Por ejemplo, en Europa y Japón, el problema es el *envejecimiento* de la población, a causa de una fecundidad tan débil que no reproduce a la población existente. Cuando todas las mujeres tienen menos de dos hijos (que sustituirán a sus padres), bien, en tal caso se dice que la población ha dejado de reproducirse. Y si no recibe a nadie, disminuye en relación con otras sociedades o con respecto a su propio pasado.

—¿Hay suficientes nacimientos en España para que la población no disminuya?

—Pues precisamente no. España es, junto con Italia y Alemania, uno de los países con tasa de fecundidad, es decir, el número promedio de hijos por mujer, más baja. Como término medio, las mujeres españolas tienen en la actualidad 1,2 hijos.

—¿Cómo 1,2? ¿Qué significa eso? ¡No se puede tener un trozo de hijo!

—Tienes razón. Pero la teoría es harina de otro costal. Esa cifra constituye un promedio. Por ejemplo, algunas mujeres no tienen ningún hijo, mientras que otras tiene tres. En Francia ese promedio es más elevado, puesto que las francesas tienen casi dos hijos por mujer: 1,7. La media europea se sitúa entre ambas cifras: 1,4.

—**¡Eso quiere decir que la población europea está disminuyendo!**

—Cuanto más ricos somos, más disminuye la población. Se trata de una ley curiosa. El ejemplo más impactante en Europa es el de España, que verá disminuir su población de cuarenta millones de habitantes en la actualidad a treinta millones dentro de cincuenta años...

—**¿Diez millones menos?**

—Así es. Sin embargo, la situación resulta más compleja que todo eso, pues las sociedades son entes vivos, se transforman permanentemente. Las cifras de que te hablo son como una especie de fotografías instantáneas, sólo resultan válidas, siempre y cuando sean acertadas, durante cierto período. Nada prohíbe que en el futuro las mujeres europeas empiecen otra vez a tener más hijos. Además, no hay que olvidar un factor muy importante: la inmigración. Toma el ejemplo de Francia, un viejo país de inmigración: la población continúa creciendo de manera regular gracias a las nuevas entradas *definitivas* de inmigrantes. No me refiero a los inmigrantes que después regresan a su país. No cabe considerar que aquellos que entran y vuelven a marcharse (los turistas, los estudiantes, los trabajadores trasladados o temporeros) formen parte de la población francesa. Gracias a todos esos inmigrantes que se quedan a vivir definitivamente en Francia, la población francesa no disminuye.

—**Además, la gente del Sur tiene muchos más hijos que los franceses, ¡así que incluso harán que remonte el número de la población!**

—No está tan claro. En la práctica ocurren cosas extrañas. Lo que se observa es que, muy rápidamente, al cabo de apenas una generación, las mujeres procedentes de la inmigración dejan de tener muchos hijos, al contrario que sus madres. Y hacen como las francesas, tener sólo uno o dos hijos, incluso a veces ninguno. Y ya verás como en España ocurre lo mismo.

—**Pero entonces, ¿no es la inmigración lo que impedirá que la población europea disminuya?**

—Sí, los nuevos inmigrantes, los que cada año entran en los países europeos, pueden desempeñar ese papel. Ya has visto hasta qué punto el crecimiento demográfico mundial se encuentra desequilibrado. Y sabes también hasta qué punto son profundas las desigualdades económicas que pueden impulsar a un número demasiado grande de personas, sin verdadero futuro en su país, gentes tentadas a diario por las imágenes televisadas de las riquezas de Occidente, a cruzar los mares y los continentes para encontrar una vida mejor en los países ricos. Nuestro continente se verá en el futuro especialmente expuesto a ello; la población mundial continuará creciendo mucho todavía en África y el sudeste asiático. Si comparamos Europa con África, dos cifras te darán una idea: en 1960, Europa tenía el 20 por ciento de la población mundial, y África el 9 por ciento. En 2050, África tendrá el 20 por ciento de la población mundial, y Europa el 7 por ciento. De hecho, dentro de veinticinco años la población total de África habrá superado a la de Europa.

—**En el fondo, la cosa se equilibra. La población europea disminuye y la población africana se acrecienta. Por tanto, habrá muchas migraciones de África hacia Europa.**

—Eso es exactamente lo que dicen los servicios de la ONU, en términos más eruditos y aduciendo cálculos más complicados, por supuesto. A la ONU no le inquieta saber que en África la gente es demasiado numerosa para unas riquezas demasiado magras. A la organización le preocupa la vejez de los europeos.

—¿**Por qué la vejez? ¿Qué tiene eso que ver?**

—Como sabes, a los ancianos, una vez se han jubilado, les pagan, por así decirlo, todos aquellos que todavía trabajan.

—**No tenía ni idea. Yo creía que vivían de sus ahorros y, sobre todo, de lo que ellos mismos habían pagado mientras aún trabajaban.**

—De hecho, todo depende del sistema elegido. En Francia, por ejemplo, son los trabajadores quienes pagan por los jubilados, los jóvenes quienes mantienen a los ancianos. Y cuando esos jóvenes envejecen a su vez, sus pensiones son pagadas por las generaciones que los siguen. Es un sistema igualitario, pues el Estado organiza el *reparto* del dinero entre las generaciones. Sin embargo, para ello es necesario que exista siempre la misma proporción entre jóvenes y viejos. Si hay más viejos y menos jóvenes que trabajen, a causa del paro, entonces los jóvenes ya no bastan para costear la jubilación de los viejos. El otro sistema es el que tú apuntabas: cada cual va ahorrando algo de dinero para su vejez. Es lo que ocurre en Estados Unidos. En ese caso, poco importa que haya muchos viejos y pocos trabajadores jóvenes. Cada persona es responsable de sí misma y *capitaliza* en función de sus posibilidades. Ya no existe la solidaridad entre generaciones, y el Estado no interviene en el reparto del dinero ahorrado. Se trata, pues, de un régimen mucho más desigualitario. ¿Cómo ahorrar dinero cuando ni siquiera se gana lo suficiente para vivir? Sólo los ricos pueden disponer de una jubilación. En Europa tenemos un sistema de pensiones que suele combinar ambos regímenes. Es un derecho adquirido gracias a las luchas de los trabajadores, y se ha convertido en una característica de la civilización europea. Ahora bien, para que el reparto pueda funcionar la población no puede ser demasiado vieja.

—¿**Y crees que en la actualidad ese sistema se ve amenazado?**

—Sin duda. Hoy existen en Europa entre cuatro y cinco personas activas por cada jubilado. En 2025 la proporción se reducirá a dos. En toda Europa la población será cada vez más vieja. También en eso España va en cabeza. En 2050 será el país más longevo del mundo. La media de edad en España, es decir, la edad que separa la población en dos partes iguales, ¡será de 54 años! La ONU deduce de ello que hay que recurrir en gran medida a la inmigración: España tendría que acoger a doce millones de inmigrantes de aquí al año 2050 para financiar las pensiones de los ancianos.

—¿**Doce millones, así de golpe?**

—Desde luego que no. Se requerirían varios años. Pero en fin, no hay que olvidar que las previsiones de la ONU no son exactas. Las previsiones demográficas responden a cálculos muy inciertos, donde el margen de error es grande. ¿Cómo prever el número de hijos que las mujeres todavía por nacer traerán al mundo? Lo mismo cabe decir respecto de la evolución del número de personas activas en relación con los jubilados. Es imposible prever el comportamiento de la gente: ¿Los jóvenes empezarán a trabajar antes o más tarde? ¿Los Gobiernos potenciarán todavía más la ayuda social a las familias, para permitir que el padre o la madre dejen de trabajar a fin de ocuparse de los hijos? ¿Las mujeres preferirán trabajar o más bien consagrarse a la vida familiar? ¿Pedirán los Gobiernos a la gente que trabaje durante más años que en la actualidad? Resulta difícil responder a eso. Digamos que la inmigración puede suponer una respuesta al envejecimiento de las poblaciones europeas; sin embargo, ésa no es la única solución.

—¡**Pero sí puede ser una manera de ayudar a los países pobres!**

—No estoy tan seguro. Además, olvidas una cosa muy importante. ¿Las sociedades europeas pueden o, de hecho, quieren acoger a numerosos inmigrantes? ¿Deseamos permitir que vengan, de

un modo anárquico, personas que serán duramen-
te explotadas, no podrán vivir con decoro y no tardarán en ser víctimas del racismo y la xenofobia?
¿Queremos ver como se multiplican casos como el
de El Ejido?

—En mi opinión, si se hace venir a nuevos inmigrantes, hay que acogerlos co-
rrectamente. De lo contrario no vale la
pena. De todas formas, tú mismo has dicho que también ellos, los inmigrantes,
quieren venir a toda costa. Resulta difícil
impedírselo. Así pues, tendríamos que
poder ayudarlos.

—Exactamente. Y eso significa una verdadera
política de integración. Hay que mirar la realidad
de frente. Las empresas que quieren emplear, a
bajo precio, a trabajadores extranjeros no desean
ocuparse de sus condiciones de vida. Por consiguiente, el Estado que los acoge debe prever su
alojamiento, supervisar sus condiciones laborales,
velar por su salud y por la educación de sus hijos;
en pocas palabras, proporcionarles los medios para
convertirse en ciudadanos como los demás.

—Evidentemente, si hace falta todo eso...
costará hacer venir a muchos inmigrantes. Pero al mismo tiempo, si Europa no
hace nada, se expone a recibir cada vez
más inmigrantes clandestinos, ¿no?

—Ésa es precisamente la razón por la que se impone pensar en una verdadera política de organización de los flujos migratorios. Los Estados europeos deben tomar conciencia del hecho de que, con un desequilibrio demográfico y económico de tal envergadura entre el Norte y el Sur, ya no podrán resolver el problema mediante el mero cierre de las fronteras.

El sistema universal de protección de los Derechos Humanos

Declaración de los Derechos del Hombre y del Ciudadano de 1789

[Adoptada por la Asamblea Constituyente francesa del **20 al 26 de agosto de 1789**, aceptada por el Rey de Francia el **5 de octubre de 1789**.]

Los **representantes del pueblo francés**, que han formado una **Asamblea Nacional**, considerando que la ignorancia, la negligencia o el desprecio de los derechos humanos son las únicas causas de calamidades públicas y de la corrupción de los gobiernos, han resuelto exponer en una declaración solemne estos derechos naturales, imprescriptibles e inalienables; para que, estando esta declaración continuamente presente en la mente de los miembros de la corporación social, puedan mostrarse siempre atentos a sus derechos y a sus deberes; para que los actos de los poderes legislativo y ejecutivo del gobierno, pudiendo ser confrontados en todo momento para los fines de las instituciones políticas, puedan ser más respetados, y también para que las aspiraciones futuras de los ciudadanos, al ser dirigidas por principios sencillos e incontestables, puedan tender siempre a mantener la Constitución y la felicidad general.

Por estas razones, la **Asamblea Nacional**, en presencia del Ser Supremo y con la esperanza de su bendición y favor, reconoce y declara los siguientes sagrados derechos del hombre y del ciudadano:

Artículo 1
Los hombres han nacido, y continúan siendo, libres e iguales en cuanto a sus derechos. Por lo tanto, las distinciones civiles sólo podrán fundarse en la utilidad pública.

Artículo 2
La finalidad de todas las asociaciones políticas es la protección de los derechos naturales e imprescriptibles del hombre; y esos derechos son libertad, propiedad, seguridad y resistencia a la opresión.

Artículo 3
La nación es esencialmente la fuente de toda soberanía; ningún individuo ni ninguna corporación pueden ser revestidos de autoridad alguna que no emane directamente de ella.

Artículo 4
La libertad política consiste en poder hacer todo aquello que no cause perjuicio a los demás. El ejercicio de los derechos naturales de cada hombre, no tiene otros límites que los necesarios para garantizar a cualquier otro hombre el libre ejercicio de los mismos derechos; y estos límites sólo pueden ser determinados por la ley.

Artículo 5

La ley sólo debe prohibir las acciones que son perjudiciales a la sociedad. Lo que no está prohibido por la ley no debe ser estorbado. Nadie debe verse obligado a aquello que la ley no ordena.

Artículo 6

La ley es expresión de la voluntad de la comunidad. Todos los ciudadanos tienen derecho a colaborar en su formación, sea personalmente, sea por medio de sus representantes. Debe ser igual para todos, sea para castigar o para premiar; y siendo todos iguales ante ella, todos son igualmente elegibles para todos los honores, colocaciones y empleos, conforme a sus distintas capacidades, sin ninguna otra distinción que la creada por sus virtudes y conocimientos.

Artículo 7

Ningún hombre puede ser acusado, arrestado y mantenido en confinamiento, excepto en los casos determinados por la ley, y de acuerdo con las formas por ésta prescritas. Todo aquel que promueva, solicite, ejecute o haga que sean ejecutadas órdenes arbitrarias, debe ser castigado, y todo ciudadano requerido o aprehendido por virtud de la ley debe obedecer inmediatamente, y se hace culpable si ofrece resistencia.

Artículo 8

La ley no debe imponer otras penas que aquellas que son evidentemente necesarias; y nadie debe ser castigado sino en virtud de una ley promulgada con anterioridad a la ofensa y legalmente aplicada.

Artículo 9

Todo hombre es considerado inocente hasta que ha sido convicto. Por lo tanto, siempre que su detención se haga indispensable, se ha de evitar por la ley cualquier rigor mayor del indispensable para asegurar su persona.

Artículo 10

Ningún hombre debe ser molestado por razón de sus opiniones, ni aun por sus ideas religiosas, siempre que al manifestarlas no se causen trastornos del orden público establecido por la ley.

Artículo 11

Puesto que la comunicación sin trabas de los pensamientos y opiniones es uno de los más valiosos derechos del hombre, todo ciudadano puede hablar, escribir y publicar libremente, teniendo en cuenta que es responsable de los abusos de esta libertad en los casos determinados por la ley.

Artículo 12

Siendo necesaria una fuerza pública para dar protección a los derechos del hombre y del ciudadano, se constituirá esta fuerza en beneficio de la comunidad, y no para el provecho particular de las personas por quienes está constituida.

Artículo 13

Siendo necesaria, para sostener la fuerza pública y subvenir a los demás gastos del gobierno, una contribución común, ésta debe ser distribuida equitativamente entre los miembros de la comunidad, de acuerdo con sus facultades.

Artículo 14
Todo ciudadano tiene derecho, ya por sí mismo o por su representante, a emitir voto libremente para determinar la necesidad de las contribuciones públicas, su adjudicación y su cuantía, modo de amillaramiento y duración.

Artículo 15
Toda comunidad tiene derecho a pedir a todos sus agentes cuentas de su conducta.

Artículo 16
Toda la comunidad en la que no esté estipulada la separación de poderes y la seguridad de derechos necesita una Constitución.

Artículo 17
Siendo inviolable y sagrado el derecho de propiedad, nadie deberá ser privado de él, excepto en los casos de necesidad pública evidente, legalmente comprobada, y en condiciones de una indemnización previa y justa.

Ley orgánica 4/2000, de 11 de enero, sobre derechos y libertades de los extranjeros en España y su integración social

TÍTULO PRELIMINAR
Disposiciones generales

Artículo 1. *Delimitación del ámbito.*

1. Se considera extranjero, a los efectos de la aplicación de la presente Ley, a los que carezcan de la nacionalidad española.

2. Los nacionales de los Estados miembros de la Unión Europea y aquellos a quienes les sea de aplicación el régimen se regirán por la legislación de la Unión Europea, siéndoles de aplicación la presente Ley en aquellos aspectos que pudieran ser más favorables.

Artículo 2. *Exclusión del ámbito de la ley.*

Quedan excluidos del ámbito de aplicación de esta ley:

a) Los agentes diplomáticos y los funcionarios consulares acreditados en España, así como los demás miembros de las misiones diplomáticas permanentes o especiales y de las oficinas consulares y sus familiares que, en virtud de las normas del Derecho internacional, estén exentos de las obligaciones relativas a su inscripción como extranjeros y a la obtención del permiso de residencia.

b) Los representantes y delegados, así como los demás miembros y sus familiares, de las Misiones permanentes o de las Delegaciones ante los Organismos intergubernamentales con sede en España o en Conferencias internacionales que se celebren en España.

c) Los funcionarios destinados en Organizaciones internacionales o intergubernamentales con sede en España, así como sus familiares, a quienes los Tratados en los que sea parte España eximan de las obligaciones mencionadas en el párrafo a) de este artículo.

TÍTULO I
Derechos y libertades de los extranjeros

CAPÍTULO I
Derechos y libertades de los extranjeros

Artículo 3. *Igualdad con los españoles e interpretación de las normas.*

1. Los extranjeros gozarán en España, en igualdad de condiciones que los españoles, de los derechos y libertades reconocidos en el Título I de la Constitución y en sus leyes de desarrollo, en los términos establecidos en esta Ley Orgánica.

2. Las normas relativas a los derechos fundamentales de los extranjeros se interpretarán de conformidad con la Declaración Universal de Derechos Humanos y con los Tratados

y Acuerdos internacionales sobre las mismas materias vigentes en España, sin que pueda alegarse la profesión de creencias religiosas o convicciones ideológicas o culturales de signo diverso para justificar la realización de actos o conductas contrarios a las mismas.

Artículo 4. *Derecho a la documentación.*

1. Los extranjeros que se encuentren en territorio español tienen el derecho y la obligación de conservar la documentación que acredite su identidad, expedida por las autoridades competentes del país de origen o de procedencia, así como la que acredite su situación en España.

2. No podrán ser privados de su documentación, salvo en los supuestos y con los requisitos previstos en esta Ley Orgánica y en la Orgánica 1/1992, de 21 de febrero, sobre Protección de la Seguridad Ciudadana.

Artículo 5. *Derecho a la libertad de circulación.*

1. Los extranjeros que se hallen en España de acuerdo con lo establecido en el Título II de esta Ley, tendrán derecho a circular libremente por el territorio español y a elegir su residencia sin más limitaciones que las establecidas con carácter general por los tratados y las leyes, o las acordadas por la autoridad judicial, con carácter cautelar o en un proceso penal o de extradición en los que el extranjero tenga la condición de imputado, víctima o testigo, o como consecuencia de sentencia firme.

2. No obstante, podrán establecerse medidas limitativas específicas cuando se acuerden en la declaración de estado de excepción o sitio en los términos previstos en la Constitución, y excepcionalmente de forma individualizada por el Ministro de Interior por razones de seguridad pública.

Artículo 6. *Participación pública.*

1. Los extranjeros residentes podrán ser titulares del derecho político de sufragio en las elecciones municipales en los términos que establezcan las leyes y los tratados.

2. Los extranjeros residentes, empadronados en un municipio, que no puedan participar en las elecciones locales, podrán elegir de forma democrática entre ellos a sus propios representantes, con la finalidad de tomar parte en los debates y decisiones municipales que les conciernen, conforme se determina en la legislación de régimen local.

3. Los Ayuntamientos confeccionarán y mantendrán actualizado el padrón de extranjeros que residan en el municipio.

4. Los poderes públicos favorecerán el ejercicio del derecho de sufragio de los extranjeros en los procesos electorales del país de origen. A tal efecto se adoptarán las medidas necesarias.

Artículo 7. *Libertades de reunión y manifestación.*

1. Los extranjeros que se encuentren en España podrán ejercitar, sin necesidad de autorización administrativa previa y de conformidad con lo dispuesto en las normas que lo regulan, el derecho de reunión recogido en el artículo 21 de la Constitución.

2. Los promotores de reuniones o manifestaciones en lugares de tránsito público darán comunicación previa a la autoridad competente con la antelación prevista en la Ley Orgánica reguladora del Derecho de Reunión, la cual no podrá prohibirla o proponer su modificación sino por las causas previstas en dicha Ley.

Artículo 8. *Libertad de asociación.*

Todos los extranjeros que se encuentren en España podrán ejercer el derecho de asociación conforme a las leyes que lo regulen para los españoles. Sólo podrán ser promotores
los residentes.

Artículo 9. *Derecho a la educación.*

1. Todos los extranjeros menores de dieciocho años tienen derecho a la educación en las
mismas condiciones que los españoles, derecho que comprende el acceso a una enseñanza básica, gratuita y obligatoria, a la obtención de la titulación académica correspondiente y al acceso al sistema público de becas y ayudas.
2. Los extranjeros tendrán derecho a la educación de naturaleza no obligatoria en las
mismas condiciones que los españoles. En concreto, tendrán derecho a acceder a los ni-
veles de educación infantil y superiores a la enseñanza básica y a la obtención de las titu-
laciones que correspondan a cada caso, y al acceso al sistema público de becas y ayudas.
3. Los extranjeros residentes podrán acceder al desempeño de actividades de carácter
docente o de investigación científica de acuerdo con lo establecido en las disposiciones
vigentes. Asimismo podrán crear y dirigir centros de acuerdo con lo establecido en las
disposiciones vigentes.

Artículo 10. *Derecho al trabajo y a la Seguridad Social.*

1. Los extranjeros tendrán derecho a ejercer una actividad remunerada por cuenta propia
o ajena, así como al acceso al Sistema de la Seguridad Social, en los términos previstos
en esta Ley Orgánica y en las disposiciones que la desarrollen.
2. Los extranjeros podrán acceder como personal laboral al servicio de las Administraciones públicas, de acuerdo con los principios constitucionales de igualdad, mérito, capacidad y publicidad. A tal efecto, podrán presentarse a las ofertas públicas que convo-
quen las Administraciones públicas.

Artículo 11. *Libertad de sindicación y de huelga.*

1. Los trabajadores extranjeros que se hallen en España tendrán el derecho a sindicarse
libremente, o afiliarse a una organización profesional en las mismas condiciones que los
trabajadores españoles, de acuerdo con las leyes que lo regulen.
2. De igual modo, se reconoce a los trabajadores extranjeros el derecho a la huelga.

Artículo 12. *Derecho a la asistencia sanitaria.*

1. Los extranjeros que se encuentren en España inscritos en el padrón del municipio en
el que residan habitualmente, tienen derecho a la asistencia sanitaria en las mismas condiciones que los españoles.
2. Los extranjeros que se encuentren en España tienen derecho a la asistencia sanitaria
pública de urgencia ante la contracción de enfermedades graves o accidentes, cualquiera
que sea su causa, y a la continuidad de dicha atención hasta la situación de alta médica.
3. Los extranjeros menores de dieciocho años que se encuentren en España tienen derecho a la asistencia sanitaria en las mismas condiciones que los españoles.
4. Las extranjeras embarazadas que se encuentren en España tendrán derecho a la asistencia sanitaria durante el embarazo, parto y postparto.

Artículo 13. *Derecho a ayudas en materia de vivienda.*

Los extranjeros residentes y los que se encuentren en España inscritos en el padrón del municipio en el que residan habitualmente, tienen derecho a acceder al sistema público de ayudas en materia de vivienda en las mismas condiciones que los españoles.

Artículo 14. *Derecho a Seguridad Social y a los servicios sociales.*

1. Los extranjeros residentes tendrán derecho a acceder a las prestaciones y servicios de la Seguridad Social en las mismas condiciones que los españoles.
2. Los extranjeros residentes tendrán derecho a los servicios y a las prestaciones sociales, tanto a los generales y básicos como a los específicos, en las mismas condiciones que los españoles.
3. Los extranjeros, cualquiera que sea su situación administrativa, tienen derecho a los servicios y prestaciones sociales básicas.

Artículo 15. *Sujeción de los extranjeros a los mismos impuestos que los españoles.*

1. Sin perjuicio de lo dispuesto en los acuerdos aplicables sobre doble imposición internacional, los extranjeros estarán sujetos, respecto a los ingresos obtenidos en España y a las actividades desarrolladas en la misma, a los mismos impuestos que los españoles.
2. Los extranjeros tendrán derecho a transferir sus ingresos y ahorros obtenidos en España a su país, o a cualquier otro, conforme a los procedimientos establecidos en la legislación española y de conformidad con los acuerdos internacionales aplicables. El Gobierno adoptará las medidas necesarias para facilitar dichas transferencias.

CAPÍTULO II
Reagrupación familiar

Artículo 16. *Derecho a la intimidad familiar.*

1. Los extranjeros residentes tienen derecho a la vida en familia y a la intimidad familiar en la forma prevista en esta Ley Orgánica y de acuerdo con lo dispuesto en los Tratados internacionales suscritos por España.
2. Los familiares de los extranjeros que residan en España a quienes se refiere el artículo siguiente, tienen derecho a la situación de residencia en España para reagruparse con el residente.
3. El cónyuge que hubiera adquirido la residencia en España por causa familiar y sus familiares con él agrupados, conservarán la residencia aunque se rompa el vínculo matrimonial que dio lugar a la adquisición.

Artículo 17. *Familiares reagrupables.*

El extranjero residente tiene derecho a que se conceda permiso de residencia en España para reagruparse con él a los siguientes parientes:

a) El cónyuge del residente, siempre que no se encuentre separado de hecho o de derecho o que el matrimonio se haya celebrado en fraude de ley. En ningún caso podrá reagruparse más de un cónyuge, aunque la ley personal del extranjero admita esta modalidad matrimonial. El extranjero residente que se encuentre separado de su cónyuge y casado en segundas o posteriores nupcias sólo podrá reagrupar con él al nuevo cónyuge y sus familiares si acredita que la separación de sus anteriores matrimonios ha tenido lugar tras un procedimiento jurídico que fije la situación del cónyuge anterior y sus fami-

LEY ORGÁNICA 4/2000... 143

liares en cuanto a la vivienda común, la pensión al cónyuge y los alimentos para los menores dependientes.

b) Los hijos del residente y del cónyuge, incluidos los adoptados, siempre que sean menores de dieciocho años o estén incapacitados, de conformidad con la Ley española o su Ley personal y no se encuentren casados. Cuando se trate de hijos de uno sólo de los cónyuges, se requerirá además que éste ejerza en solitario la patria potestad o se le haya otorgado la custodia y estén efectivamente a su cargo. En el supuesto de hijos adoptivos deberá acreditarse que la resolución por la que se acordó la adopción reúne los elementos necesarios para producir efecto en España.

c) Los menores de dieciocho años o incapaces cuando el residente extranjero sea su representante legal.

d) Los ascendientes del residente extranjero cuando dependan económicamente de éste y existan razones que justifiquen la necesidad de autorizar su residencia en España.

e) Cualquier otro familiar respecto del que se justifique la necesidad de autorizar su residencia en España por razones humanitarias.

f) Los familiares extranjeros de los españoles, a los que no les fuera de aplicación la normativa sobre entrada y permanencia en España de nacionales de Estados miembros de la Unión Europea.

CAPÍTULO III
Garantías jurídicas

Artículo 18. *Derecho a la tutela judicial efectiva.*

1. Los extranjeros tienen derecho a la tutela judicial efectiva.

2. Los procedimientos administrativos que se establezcan en materia de extranjería respetarán en todo caso las garantías previstas en la legislación general sobre procedimiento administrativo, especialmente en lo relativo a publicidad de las normas, contradicción, audiencia del interesado y motivación de las resoluciones.

3. En dichos procedimientos estarán legitimadas para intervenir como interesadas las organizaciones representativas constituidas legalmente en España para la defensa de los inmigrantes.

Artículo 19. *Derecho al recurso contra los actos administrativos.*

1. Los actos y resoluciones administrativas adoptados en relación con los extranjeros serán recurribles con arreglo a lo dispuesto en las leyes.

2. El régimen de ejecutividad de los actos administrativos dictados en materia de extranjería será el previsto con carácter general por la ley, salvo lo dispuesto sobre el procedimiento de expulsión de urgencia que se regulará por lo dispuesto en esta Ley Orgánica.

Artículo 20. *Derecho a la asistencia jurídica gratuita.*

1. Los extranjeros tienen derecho a asistencia letrada de oficio en los procedimientos administrativos o judiciales que puedan llevar a la denegación de su entrada o a su expulsión o salida obligatoria del territorio español y en todos los procedimientos en materia de asilo. Además, tendrán derecho a la asistencia de intérprete si no comprenden o hablan la lengua oficial que se utilice.

2. Los extranjeros residentes y los que se encuentren en España inscritos en el padrón del municipio en el que residan habitualmente, que acrediten insuficiencia de recursos económicos para litigar tendrán derecho a la asistencia gratuita en iguales condiciones que

los españoles en los procesos en los que sean parte, cualquiera que sea la jurisdicción en la que se sigan.

CAPÍTULO IV
De las medidas antidiscriminatorias

Artículo 21. *Actos discriminatorios.*

1. A los efectos de esta Ley, representa discriminación todo acto que, directa o indirectamente, conlleve una distinción, exclusión, restricción o preferencia contra un extranjero basada en la raza, el color, la ascendencia o el origen nacional o étnico, las convicciones y prácticas religiosas, y que tenga como fin o efecto destruir o limitar el reconocimiento o el ejercicio, en condiciones de igualdad, de los derechos humanos y de las libertades fundamentales en el campo político, económico, social o cultural.

2. En cualquier caso, constituyen actos de discriminación:

a) Los efectuados por la autoridad o funcionario público o personal encargados de un servicio público, que en el ejercicio de sus funciones, por acción u omisión, realice cualquier acto discriminatorio prohibido por la ley contra un ciudadano extranjero sólo por su condición de tal o por pertenecer a una determinada raza, religión, etnia o nacionalidad.

b) Todos los que impongan condiciones más gravosas que a los españoles, o que impliquen resistencia a facilitar a un extranjero bienes o servicios ofrecidos al público, sólo por su condiciones de tal o por pertenecer a una determinada raza, religión, etnia o nacionalidad.

c) Todos los que impongan ilegítimamente condiciones más gravosas que a los españoles o restrinjan o limiten el acceso al trabajo, a la vivienda, a la educación, a la formación profesional y a los servicios sociales y socioasistenciales, así como a cualquier otro derecho reconocido en la presente Ley Orgánica, al extranjero que se encuentre regularmente en España, sólo por su condición de tal o por pertenecer a una determinada raza, religión, etnia o nacionalidad.

d) Todos los que impidan, a través de acciones u omisiones, el ejercicio de una actividad económica emprendida legítimamente por un extranjero residente legalmente en España, sólo por su condición de tal o por pertenecer a una determinada raza, religión, etnia o nacionalidad.

e) El empresario, con sus representantes, que lleven a cabo cualquier acción que produzca un efecto perjudicial, discriminando, aun indirectamente, a los trabajadores por su condición de extranjeros, o su pertenencia a una determina raza, religión, etnia o nacionalidad.

Constituye discriminación indirecta todo tratamiento derivado de la adopción de criterios que perjudiquen injustificadamente a los trabajadores por su condición de extranjeros o por pertenecer a una determinada raza, religión, etnia o nacionalidad, siempre que se refieran a requisitos no esenciales para el desarrollo de la actividad laboral.

Artículo 22. *Aplicabilidad del procedimiento sumario.*

La tutela judicial contra cualquier práctica discriminatoria que comporte vulneración de derechos y libertades fundamentales podrá ser exigida por el procedimiento previsto en el artículo 53.2 de la Constitución en los términos legalmente establecidos.

TÍTULO II
Régimen jurídico de las situaciones de los extranjeros

CAPÍTULO I
De la entrada y salida del territorio español

Artículo 23. *Requisitos para la entrada en territorio español.*

1. El extranjero que pretenda entrar en España deberá hacerlo por los puestos habilitados al efecto, hallarse provisto del pasaporte o documento de viaje que acredite su identidad, que se considere válido para tal fin en virtud de convenios internacionales suscritos por España y acreditar medios de vida suficientes para el tiempo que pretenda permanecer en España.

2. Salvo en los casos en que se establezca lo contrario en los convenios internacionales suscritos por España será preciso, además, un visado. No será exigible el visado cuando el extranjero sea titular de una autorización de residencia en España o documento análogo que le permita la entrada en territorio español.

3. Lo dispuesto en los párrafos anteriores no será de aplicación a los extranjeros que soliciten acogerse al derecho de asilo en el momento de su entrada en España, cuya concesión se regirá por lo dispuesto en su normativa específica.

4. Se podrá autorizar la entrada en España de los extranjeros que no reúnan los requisitos establecidos en los párrafos anteriores cuando existan razones excepcionales de índole humanitaria, interés público o cumplimiento de compromisos adquiridos por España. En estos casos, se procederá a hacer entrega al extranjero de la documentación que se establezca reglamentariamente.

Artículo 24. *Prohibición de entrada en España.*

1. No podrán entrar en España, ni obtener un visado a tal fin, los extranjeros que hayan sido expulsados, mientras dure la prohibición de entrada, así como aquellos que tengan prohibida la entrada en algún país con el que España tenga firmado convenio en tal sentido.

2. A los extranjeros que no cumplan los requisitos establecidos para la entrada, les será denegada mediante resolución motivada, con información acerca de los recursos que puedan interponer contra ella, plazo para hacerlo y autoridad ante quien deben formalizarlo, y de su derecho a la asistencia letrada.

Artículo 25. *Expedición del visado.*

1. El visado será expedido por las misiones diplomáticas y oficinas consulares de España y excepcionalmente, por motivos humanitarios, de colaboración con la Justicia o de atención sanitaria, podrá eximirse por el Ministerio del Interior de la obligación de obtener el visado a los extranjeros que se encuentren en territorio español y cumplan los requisitos para obtener un permiso de residencia. Cuando la exención se solicite como cónyuge de residente, se deberán reunir las circunstancias del artículo 17 y acreditar la convivencia al menos durante un año y que el cónyuge tenga autorización para residir al menos otro año.

2. La concesión del visado se regulará reglamentariamente. Para su concesión se tendrán en cuenta la satisfacción de los intereses nacionales de España, así como los compromisos internacionales asumidos por España. Reglamentariamente se establecerán las causas que pueden motivar la denegación del visado. En el procedimiento podrá requerirse la comparecencia personal del solicitante.

3. La denegación deberá ser expresa y motivada e indicar los recursos que procedan. Excepcionalmente y con carácter temporal, el Gobierno podrá establecer para los nacionales de un determinado país, o procedentes de una zona geográfica, supuestos en los que la denegación no ha de ser motivada. Cuando se trate de visados de residencia solicitados por personas que invocan ser titulares de un derecho subjetivo a residir en España reconocido por el ordenamiento jurídico, la denegación deberá ser, en todo caso, motivada.

4. La tramitación sobre concesión o denegación de permisos y visados regulados en esta Ley, tendrá un plazo máximo de resolución de tres meses a contar desde la fecha de solicitud o, en su caso, de la fecha de aportación de la documentación preceptiva.

Artículo 26. *De la salida de España.*

1. Las salidas del territorio español podrán realizarse libremente, excepto en los casos previstos en el Código Penal y en la presente Ley.

2. Excepcionalmente, el Ministro del Interior podrá prohibir la salida del territorio español por razones de seguridad nacional o de salud pública. La instrucción y resolución de los expedientes de prohibición tendrá siempre carácter individual.

3. La salida será obligatoria en los siguientes supuestos:

a) Expulsión del territorio español por orden judicial, en los casos previstos en el Código Penal.

b) Expulsión o devolución acordadas por resolución administrativa en los casos previstos en la presente Ley.

c) Denegación administrativa de las solicitudes formuladas por el extranjero para continuar permaneciendo en territorio español, salvo que la solicitud se hubiere realizado al amparo del artículo 29.3.

CAPÍTULO II
Situación de los extranjeros

Artículo 27. *Enumeración de las situaciones.*

Los extranjeros podrán encontrarse en España en las situaciones de estancia, residencia temporal y residencia permanente.

Artículo 28. *Situación de estancia.*

1. Estancia es la permanencia en territorio español por un período de tiempo no superior a noventa días.

2. Transcurrido dicho tiempo, para permanecer en España será preciso obtener o una prórroga de estancia o un permiso de residencia.

3. La prórroga de estancia no podrá tener una duración superior a otros noventa días.

Artículo 29. *Situación de residencia temporal.*

1. La residencia temporal es la situación que autoriza a permanecer en España por un período superior a noventa días e inferior a cinco años. Las autorizaciones de duración inferior a los cinco años podrán prorrogarse a petición del interesado si concurren circunstancias análogas a las que motivaron su concesión. La duración de las autorizaciones de residencia temporal y de sus prórrogas se establecerá reglamentariamente.

2. La situación de residencia temporal se concederá al extranjero que acredite disponer de medios de vida suficientes para atender a los gastos de manutención y estancia de su

familia, durante el período de tiempo por el que la solicite sin necesidad de realizar actividad lucrativa, se proponga realizar una actividad económica por cuenta propia habiendo solicitado para ello las licencias o permisos correspondientes, tenga una oferta de contrato de trabajo a través de procedimiento reglamentariamente reconocido o sea beneficiario del derecho a la reagrupación familiar.

3. Igualmente podrá acceder a la situación de residencia temporal el extranjero que acredite una estancia ininterrumpida de dos años en territorio español, figure empadronado en un municipio en el momento en que formule la petición y cuente con medios económicos para atender a su subsistencia.

4. Para autorizar la residencia temporal de un extranjero será preciso que carezca de antecedentes penales en España o en sus países anteriores de residencia por delitos existentes en el ordenamiento español y no figurar como rechazable en el espacio territorial del Tratado de Schengen. No será obstáculo para obtener o renovar la residencia haber cometido delito en España si ha cumplido la condena, ha sido indultado o está en situación de remisión condicional de la pena.

5. Los extranjeros con permiso de residencia temporal vendrán obligados a poner en conocimiento del Ministerio del Interior los cambios de nacionalidad y domicilio.

Artículo 30. *Residencia permanente.*

1. La residencia permanente es la situación que autoriza a residir en España indefinidamente y trabajar en igualdad de condiciones que los españoles.

2. Tendrán derecho a residencia permanente los que hayan tenido residencia temporal durante cinco años. Con carácter reglamentario y excepcionalmente se establecerán los criterios para que no sea exigible el citado plazo en supuestos de especial vinculación con España.

Artículo 31. *Residencia de apátridas y refugiados.*

1. Los extranjeros que carezcan de documentación personal, y acrediten que el país de su nacionalidad no le reconoce la misma, podrán ser documentados con una tarjeta de identidad, reconociéndoseles y aplicándoseles el Estatuto de Apátrida, conforme al artículo 27 de la Convención sobre el Estatuto de Apátridas, gozando del régimen específico que se determine reglamentariamente.

2. Los extranjeros desplazados que sean acogidos en España por razones humanitarias o a consecuencia de un acuerdo o compromiso internacional, así como los que tuviesen reconocida la condición de refugiado, obtendrán la correspondiente autorización de residencia.

Artículo 32. *Residencia de menores.*

1. Se considerará regular a todos los efectos la residencia de los menores que sean tutelados por una Administración pública. A instancia del organismo que ejerza la tutela, se le otorgará un permiso de residencia, cuyos efectos se retrotraerán al momento en que el menor hubiere sido puesto a disposición de los servicios competentes de protección de menores.

2. En los supuestos en que los Cuerpos y Fuerzas de Seguridad localicen a una persona indocumentada, respecto de la que no pueda ser establecido con exactitud si es mayor o menor de edad, lo pondrán en conocimiento de los Juzgados de Menores para la determinación de la identidad, edad y comprobación de las circunstancias personales y familiares. Determinada la edad y demás datos a que se ha hecho mención, si se tratase de un menor, la Administra-

ción competente resolverá lo que proceda sobre el retorno o no a su lugar de origen o sobre la situación de su permanencia en España.

CAPÍTULO III
Del permiso de trabajo y regímenes especiales

Artículo 33. *Autorización para la realización de actividades lucrativas.*

1. Los extranjeros mayores de dieciséis años que deseen ejercer cualquier actividad lucrativa laboral o profesional en España deberán obtener una autorización administrativa para trabajar o el permiso de trabajo.

2. Cuando el extranjero se propusiera trabajar por cuenta propia o ajena, ejerciendo una profesión para la que se exija una titulación especial, la concesión del permiso se condicionará a la tenencia y, en su caso, homologación del título correspondiente. También se condicionará a la colegiación, si las leyes así lo exigiesen.

3. Los empleadores que contraten a un trabajador extranjero deberán solicitar y obtener autorización previa del Ministerio de Trabajo y Asuntos Sociales. La carencia de la correspondiente autorización para contratos por parte del empleador, sin perjuicio de las responsabilidades a que dé lugar, no invalidará el contrato de trabajo respecto a los derechos del trabajador extranjero.

Artículo 34. *Autorización administrativa para trabajar.*

Para la realización de actividades económicas por cuenta propia, en calidad de comerciante, industrial, agricultor o artesano, habrá de acreditar haber solicitado la autorización administrativa correspondiente y cumplir todos los requisitos que la legislación vigente exige a los nacionales para la apertura y funcionamiento de la actividad proyectada.

Artículo 35. *El permiso de trabajo.*

1. El permiso de trabajo es la autorización para realizar en España actividades lucrativas por cuenta ajena.

2. Para la concesión inicial del permiso de trabajo, en el caso de trabajadores por cuenta ajena, se tendrá en cuenta la situación nacional de empleo.

3. El permiso de trabajo tendrá una duración inferior a cinco años y podrá limitarse a un determinado territorio, sector o actividad.

4. El permiso de trabajo podrá renovarse a su expiración si persiste o se renueva el contrato u oferta de trabajo que motivaron su concesión inicial o cuando se cuente con una nueva en los términos que se establezcan reglamentariamente. A partir de la primera concesión, los permisos se concederán sin limitación alguna de ámbito geográfico, sector o actividad.

5. Transcurridos cinco años desde la concesión del primer permiso de trabajo y las prórrogas correspondientes, el permiso adquirirá carácter permanente.

Artículo 36. *Permisos especiales.*

1. Tendrán derecho al permiso de trabajo los extranjeros que obtengan el permiso de residencia por el procedimiento previsto en el artículo 29.3. Tendrá la duración de un año y se renovará mientras sigan las mismas circunstancias.

2. Asimismo se renovarán automáticamente sin la concurrencia de los requisitos establecidos en el artículo 35.4 los permisos de trabajo y las autorizaciones administrativas para trabajar, en las que concurran alguna de las siguientes circunstancias:

a) Cuando por la autoridad competente, conforme a la normativa de la Seguridad Social, se hubiere otorgado una prestación contributiva por desempleo, por el tiempo de duración de dicha prestación.

b) Cuando el extranjero sea beneficiario de una prestación económica asistencial de carácter público destinada a lograr su inserción o reinserción social o laboral durante el plazo de duración de la misma.

Artículo 37. *El contingente de trabajadores extranjeros.*

El Gobierno, previa audiencia del Consejo Superior de Política de Inmigración y de las organizaciones sindicales y empresariales más representativas, establecerá anualmente un contingente de mano de obra en el que se fijará el número y las características de las ofertas de empleo que se ofrecen a los trabajadores extranjeros no residentes en España, con indicación de los sectores y actividades profesionales.

Artículo 38. *Excepciones al contingente.*

1. Las ofertas de empleo que puedan realizar los empresarios a trabajadores extranjeros son independientes del contingente global que se establezca.

2. No será necesario considerar la disponibilidad de plazas en el contingente cuando el contrato de trabajo o la oferta de colocación vaya dirigida a:

a) Cubrir puestos de confianza.

b) Se trate del cónyuge o hijo de extranjero residente en España.

c) Se trate del titular de una autorización previa de trabajo que pretenda su renovación.

d) Los trabajadores necesarios para el montaje o reparación de una instalación o equipos productivos.

e) Los que hubieran gozado de la condición de refugiado durante el año siguiente a la fecha de la pérdida de tal condición.

Artículo 39. *Excepciones al permiso de trabajo.*

1. No será necesaria la obtención de permiso de trabajo para el ejercicio de las actividades siguientes:

a) Los técnicos y científicos extranjeros, invitados o contratados por el Estado.

b) Los profesores extranjeros invitados o contratados por una universidad española.

c) El personal directivo y el profesorado extranjeros, de instituciones culturales y docentes dependientes de otros Estados, o privadas, de acreditado prestigio, oficialmente reconocidas por España, que desarrollen en nuestro país programas culturales y docentes de sus países respectivos, en tanto limiten su actividad a la ejecución de tales programas.

d) Los funcionarios civiles o militares de las Administraciones estatales extranjeras que vengan a España para desarrollar actividades en virtud de acuerdos de cooperación con la Administración española.

e) Los corresponsales de medios de comunicación social extranjeros, debidamente acreditados, para el ejercicio de la actividad informativa.

f) Los miembros de misiones científicas internacionales que realicen trabajos e investigaciones en España, autorizados por el Estado.

g) Los artistas que vengan a España a realizar actuaciones concretas que no supongan una actividad continuada.

h) Los ministros, religiosos o representantes de las diferentes Iglesias y Confesiones, debidamente inscritas en el Registro de Entidades Religiosas, en tanto limiten su actividad a funciones estrictamente religiosas.

i) Los extranjeros que formen parte de los órganos de representación, gobierno y administración de los sindicatos homologados internacionalmente, siempre que limiten su actividad a funciones estrictamente sindicales.

2. Tampoco será necesario el permiso de trabajo cuando se trate de:

a) Los españoles de origen que hubieran perdido la nacionalidad española.

b) Los extranjeros casados con español o española y que no estén separados de hecho o de derecho.

c) Los extranjeros que tengan a su cargo ascendientes o descendientes de nacionalidad española.

d) Los extranjeros nacidos y residentes en España.

e) Los extranjeros con autorización de residencia permanente.

Artículo 40.   *Régimen especial de los estudiantes.*

1. Se concederá la autorización de admisión y residencia en España por razones de estudio a los extranjeros que hayan sido admitidos en un centro docente, público o privado oficialmente reconocido.

2. La duración de la autorización de residencia será igual a la del curso para el que esté matriculado en el centro al que asista el titular.

3. La autorización se prorrogará anualmente si el titular demuestra que sigue reuniendo las condiciones requeridas para la expedición de la autorización inicial y que cumple los requisitos exigidos por el centro de enseñanza al que asiste.

4. Los extranjeros admitidos con fines de estudio no estarán autorizados para ejercer una actividad retribuida por cuenta propia ni ajena. Sin embargo, en la medida en que ello no limite la prosecución de sus estudios, y en los términos que reglamentariamente se determinen, podrán ejercer actividades remuneradas a tiempo parcial o de duración determinada.

5. La realización de trabajo en una familia para compensar la estancia y mantenimiento en la misma mientras se mejoran los conocimientos lingüísticos o profesionales se regularán de acuerdo con lo dispuesto en los acuerdos internacionales sobre colocación «au pair».

Artículo 41.   *Régimen especial de los trabajadores de temporada.*

1. El Gobierno regulará reglamentariamente el permiso de trabajo para los trabajadores extranjeros en actividades de temporada o campaña que les permita la entrada y salida del territorio nacional de acuerdo con las características de las citadas campañas.

2. Las Administraciones públicas velarán para que los trabajadores temporeros sean alojados en viviendas con condiciones de dignidad e higiene adecuadas y promoverán la asistencia de los servicios sociales adecuados para organizar su atención social durante la temporada o campaña para la que se les conceda el permiso de trabajo.

Artículo 42.   *Trabajadores transfronterizos.*

Los trabajadores extranjeros que, residiendo en la zona limítrofe, desarrollen su actividad en España y regresen a su lugar de residencia diariamente, o, al menos, una vez a la semana, deberán obtener la correspondiente autorización administrativa, con los requisitos y condiciones con que se conceden las autorizaciones de régimen general.

CAPÍTULO IV
De las tasas por autorizaciones administrativas para trabajar en España

Artículo 43. *Hecho imponible.*

La autorización administrativa expedida a los ciudadanos extranjeros para trabajar en España, por cuenta propia o ajena, constituye el hecho imponible de una tasa.

Artículo 44. *Sujetos pasivos.*

1. Vendrán directamente obligados al pago de la tasa los empleadores a quienes se autorice el empleo inicial o la renovación de la autorización para el empleo de un trabajador extranjero en los casos de trabajo por cuenta ajena y el propio trabajador cuando lo sea por cuenta propia.

2. Será nulo todo pacto por el cual el trabajador por cuenta ajena asuma pagar total o parcialmente la tasa establecida.

Artículo 45. *Cuantía de las tasas.*

Reglamentariamente se establecerá la cuantía de las tasas teniendo en cuenta la clase de autorización, inicial o renovación, su naturaleza, cuenta propia o ajena, así como su duración.

Las autorizaciones de trabajo permanente estarán exentas del pago de la tasa.

TÍTULO III

De las infracciones en materia de extranjería y su régimen sancionador

Artículo 46. *La potestad sancionadora.*

El ejercicio de la potestad sancionadora por la comisión de las infracciones administrativas previstas en la presente Ley Orgánica, se ajustará a lo dispuesto en la misma y en sus disposiciones de desarrollo, y en la Ley 30/1992, de Régimen Jurídico de las Administraciones Públicas y del Procedimiento Administrativo Común.

Artículo 47. *Tipos de infracciones.*

1. Incurrirán en responsabilidad administrativa quienes sean autores o participen en cualquiera de las infracciones tipificadas en los artículos siguientes.

2. Las infracciones administrativas establecidas en la presente Ley Orgánica se clasifican en leves, graves y muy graves.

Artículo 48. *Infracciones leves.*

Son infracciones leves:

a) La omisión o el retraso en la comunicación a las autoridades españolas de los cambios de nacionalidad o de domicilio, así como de otras circunstancias determinantes de su situación laboral cuando les sean exigibles por la normativa aplicable.

b) El retraso, hasta tres meses, en la solicitud de renovación de las autorizaciones una vez hayan caducado.

c) Encontrarse trabajando sin haber solicitado permiso de trabajo, cuando se cuente con permiso de residencia temporal, o cuando éste se le haya denegado.

Artículo 49.   *Infracciones graves.*

Son infracciones graves:

a) Encontrarse irregularmente en territorio español, por no haber obtenido o tener caducada más de tres meses la prórroga de estancia, la autorización de residencia o documentos análogos, cuando fueren exigibles, y siempre que el interesado no hubiere solicitado la renovación de los mismos en dicho plazo.

b) Encontrarse trabajando en España sin haber solicitado permiso de trabajo o autorización administrativa para trabajar, cuando no cuente con autorización de residencia válida.

c) Incurrir en ocultación dolosa o falsedad grave en el cumplimiento de la obligación de poner en conocimiento del Ministerio del Interior los cambios que se produzcan en su nacionalidad o domicilio.

d) La entrada en territorio español careciendo de la documentación o de los requisitos exigibles, por lugares que no sean los pasos habilitados o contraviniendo las prohibiciones de entrada legalmente previstos.

e) El incumplimiento de las medidas impuestas por razón de seguridad pública, de presentación periódica o de residencia obligatoria, de acuerdo con lo dispuesto en la presente Ley.

f) La comisión de una tercera infracción leve, siempre que en un plazo de seis meses anteriores hubiera sido sancionado por dos faltas leves de la misma naturaleza.

g) La participación por el extranjero en la realización de actividades ilegales.

Artículo 50.   *Infracciones muy graves.*

Son infracciones muy graves:

a) Participar en actividades contrarias a la seguridad exterior del Estado o realizar cualquier tipo de actividades que puedan perjudicar las relaciones de España con otros países.

b) Participar en actividades contrarias al orden público previstas como muy graves en la Ley Orgánica sobre Protección de la Seguridad Ciudadana.

c) Inducir, promover, favorecer o facilitar, formando parte de una organización con ánimo de lucro, la inmigración clandestina de personas en tránsito o con destino al territorio español.

d) La realización de conductas de discriminación por motivos raciales, étnicos, nacionales o religiosos, en los términos previstos en el artículo 21 de la presente Ley.

e) La contratación o utilización habitual de trabajadores extranjeros sin haber obtenido con carácter previo la correspondiente autorización para contratarlos.

f) La comisión de una tercera infracción grave siempre que en un plazo de dos años anteriores hubiera sido sancionado por dos faltas graves de la misma naturaleza.

Artículo 51.   *Sanciones*

1. La infracciones tipificadas en los artículos anteriores serán sancionadas en los términos siguientes:

a) Las infracciones leves con multa de hasta 50.000 pesetas.

b) Las infracciones graves con multa de 50.001 a un millón de pesetas.

c) Las infracciones muy graves con multa desde uno hasta diez millones de pesetas.

2. Corresponderá al Subdelegado del Gobierno o al Delegado del Gobierno en las Comunidades uniprovinciales, la imposición de las sanciones por las infracciones administrativas establecidas en la presente Ley Orgánica.

3. Para la determinación de la cuantía de la sanción se tendrá especialmente en cuenta la capacidad económica y el grado de voluntariedad del infractor.

Artículo 52. *Prescripción de las infracciones y de las sanciones.*

1. Las infracciones muy graves prescribirán a los tres años, las graves a los dos años y las leves a los seis meses.

2. Las sanciones impuestas por infracciones muy graves prescribirán a los cinco años, las graves a los dos años y las impuestas por infracciones leves al año.

3. Si la sanción impuesta fuera la de expulsión del territorio nacional la prescripción no empezará a contar hasta que haya transcurrido el período de prohibición de entrada fijado en la resolución con un máximo de diez años.

Artículo 53. *Expulsión del territorio.*

1. Cuando los infractores sean extranjeros y realicen conductas de las tipificadas como muy graves, o conductas graves de las previstas en los apartados d), e) y g) del artículo 49 de esta Ley Orgánica, podrá aplicarse en lugar de la sanción de multa la expulsión del territorio español, previa la tramitación del correspondiente expediente administrativo.

2. La sanción de expulsión no podrá ser impuesta excepto en los casos de reincidencia en infracciones muy graves a los extranjeros que se encuentren en los siguientes supuestos:

a) Los nacidos en España que hayan residido legalmente en los últimos cinco años.

b) Los que tengan reconocida la residencia permanente, salvo que estén inmersas en los apartados a), b), c) y f) del artículo 50 y g) del artículo 49.

c) Los que hayan sido españoles de origen y hubieran perdido la nacionalidad española.

d) Los que sean beneficiarios de una prestación por incapacidad permanente para el trabajo como consecuencia de un accidente de trabajo o enfermedad profesional ocurridos en España, así como los que perciban una prestación contributiva por desempleo o sean beneficiarios de una prestación económica asistencial de carácter público destinada a lograr su inserción o reinserción social o laboral, salvo que la sanción se proponga por haber realizado alguna de las infracciones reconocidas en los apartados a), b), c) y f) del artículo 50 y g) del artículo 49.

3. Tampoco podrán ser expulsados los cónyuges de los extranjeros, ascendientes e hijos menores o incapacitados a cargo del extranjero que se encuentre en alguna de las situaciones señaladas anteriormente y hayan residido legalmente en España durante más de dos años, ni las mujeres embarazadas cuando la medida pueda suponer un riesgo para la gestación o para la salud de la madre.

4. Cuando el extranjero se encuentre encartado en un procedimiento por delitos castigados con penas privativas de libertad inferiores a seis años, el Juez podrá autorizar, previa audiencia del Fiscal, su salida del territorio español, siempre que se cumplan los requisitos establecidos en la Ley de Enjuiciamiento Criminal, o su expulsión, si ésta resultara procedente de conformidad con lo previsto en los párrafos anteriores del presente artículo, previa sustanciación del correspondiente procedimiento administrativo sancionador. En el supuesto de que se trate de extranjeros no residentes legalmente en España y que fueren condenados por sentencia firme, será de aplicación lo dispuesto en el artículo 89 del Código Penal.

Artículo 54. *Procedimiento y efectos de la expulsión.*

1. Toda expulsión llevará consigo la prohibición de entrada en territorio español por un período mínimo de tres años y máximo de diez.

2. No será preciso expediente de expulsión para el retorno de los extranjeros en los siguientes supuestos:

a) Los que habiendo sido expulsados contravengan la prohibición de entrada en España.

b) Los que pretendan entrar ilegalmente en el país, salvo en el supuesto contemplado en el artículo 4.1 de la Ley 5/1984, de 26 de marzo, Reguladora del Derecho de Asilo y de la Condición de Refugiado.

3. El retorno será acordado por la autoridad gubernativa competente para la expulsión.

4. El retorno acordado en aplicación de la letra a) del apartado 2, conllevará la reiniciación del cómputo del plazo de prohibición de entrada que hubiese acordado la orden de expulsión quebrantada. Asimismo, en este supuesto, cuando el retorno no se pudiera ejecutar en el plazo de setenta y dos horas, la autoridad gubernativa podrá solicitar de la autoridad judicial la medida de internamiento prevista para los expedientes de expulsión.

Artículo 55. *Colaboración contra redes organizadas.*

1. El extranjero que haya cruzado la frontera española fuera de los pasos establecidos al efecto o no haya cumplido con su obligación de declarar la entrada y se encuentre irregularmente en España o trabajando sin permiso, sin documentación o documentación irregular, por haber sido víctima, perjudicado o testigo de un acto de tráfico ilícito de seres humanos, inmigración ilegal, o de tráfico ilícito de mano de obra o de explotación en la prostitución abusando de su situación de necesidad, podrá quedar exento de responsabilidad administrativa y no será expulsado si denuncia a las autoridades competentes a los autores o cooperadores de dicho tráfico, o coopera y colabora con los funcionarios policiales competentes en materia de extranjería, proporcionando datos esenciales o testificando, en su caso, en el proceso correspondiente contra aquellos autores.

2. Los órganos administrativos competentes encargados de la instrucción del expediente sancionador harán la propuesta oportuna a la autoridad que deba resolver.

3. A los extranjeros que hayan quedado exentos de responsabilidad administrativa se les podrá facilitar a su elección, el retorno a su país de procedencia o la estancia y residencia en España, así como permiso de trabajo y facilidades para su integración social, de acuerdo con lo establecido en la presente Ley.

4. Cuando el Ministerio Fiscal tenga conocimiento de que un extranjero, contra el que se ha dictado una resolución de expulsión, aparezca en un procedimiento penal como víctima, perjudicado o testigo y considere imprescindible su presencia para la práctica de diligencias judiciales, lo pondrá de manifiesto a la autoridad gubernativa competente a los efectos de que se valore la inejecución de su expulsión u, en el supuesto de que se hubiese ejecutado esta última, se procederá de igual forma a los efectos de que autorice su regreso a España durante el tiempo necesario para poder practicar las diligencias precisas, sin perjuicio de que se puedan adoptar algunas de las medidas previstas en la Ley Orgánica 19/1994, de 23 de diciembre, de protección a testigos y peritos en causas criminales.

Artículo 56. *Retorno e internamiento.*

1. Los extranjeros a los que en frontera no se les permita el ingreso en el país serán retornados a su punto de origen en el plazo más breve posible. La autoridad gubernativa que

acuerde el retorno se dirigirá al Juez de Instrucción si el retorno fuera a retrasarse más de setenta y dos horas para que determine el lugar donde hayan de ser internados hasta que llegue el momento del retorno.

2. Los lugares de internamiento para extranjeros no tendrán carácter penitenciario, y estarán dotados de servicios sociales, jurídicos, culturales y sanitarios. Los extranjeros internados estarán privados únicamente del derecho ambulatorio.

3. El extranjero durante su internamiento se encontrará en todo momento a disposición de la autoridad judicial que lo autorizó, debiéndose comunicar a ésta por la autoridad gubernativa cualquier circunstancia en relación a la situación de los extranjeros internados.

4. La detención de un extranjero a efectos de retorno será comunicada al Ministerio de Asuntos Exteriores y a la Embajada o Consulado de su país.

Artículo 57. *Obligación de presentación periódica.*

Excepcionalmente, la autoridad gubernativa podrá aplicar provisionalmente a los extranjeros que se encuentren en España y se les abra un expediente sancionador, la obligación de presentarse periódicamente en las dependencias que se indiquen. Igualmente podrá acordar la retirada del pasaporte o documento acreditativo de su nacionalidad, previa entrega al interesado del resguardo acreditativo de tal medida.

Artículo 58. *Ingreso en centros de internamiento.*

1. Cuando el expediente se refiera a extranjeros por las causas comprendidas en los apartados a), b) y c) del artículo 50 así como el g) del artículo 49, en el que se vaya a proponer la expulsión del afectado, la autoridad gubernativa podrá proponer al Juez de Instrucción competente correspondiente que disponga su ingreso en un centro de internamiento en tanto se realiza la tramitación del expediente sancionador. La decisión judicial en relación con la solicitud de internamiento del extranjero pendiente de expulsión se adoptará en auto motivado, previa audiencia del interesado.

2. El internamiento se mantendrá por el tiempo imprescindible para los fines del expediente, sin que en ningún caso pueda exceder de cuarenta días, ni acordarse un nuevo internamiento por cualquiera de las causas previstas en un mismo expediente. La decisión judicial que lo autorice, atendiendo a las circunstancias concurrentes en cada caso, podrá fijar un período máximo de duración del internamiento inferior al citado.

3. Los menores en los que concurran los supuestos previstos para el internamiento serán puestos a disposición de los servicios competentes de protección de menores. El Juez, previo informe favorable del Ministerio Fiscal, podrá autorizar su ingreso en los centros de internamiento de extranjeros cuando también lo estén sus padres o tutores, lo soliciten éstos y existan módulos que garanticen la intimidad familiar.

4. La incoación del expediente, las medidas cautelares de detención e internamiento y la resolución final del expediente de expulsión del extranjero serán comunicadas al Ministerio de Asuntos Exteriores y a la Embajada o Consulado de su país.

Artículo 59. *Carácter recurrible de las resoluciones sobre extranjeros.*

1. Las resoluciones administrativas sancionadoras serán recurribles con arreglo a lo dispuesto en las leyes. El régimen de ejecutividad de las mismas será el previsto con carácter general.

2. En todo caso, cuando el extranjero no se encuentre en España, podrá cursar los recursos procedentes, tanto en vía administrativa como jurisdiccional, a través de las representaciones diplomáticas o consulares correspondientes, o de organizaciones de asisten-

cia a la emigración debidamente apoderadas, quienes los remitirán al organismo competente.

TÍTULO IV

Coordinación de los poderes públicos en materia de inmigración

Artículo 60. *Coordinación de los órganos de la Administración del Estado.*

1. El Gobierno llevará a cabo una observación permanente de las magnitudes y características más significativas del fenómeno inmigratorio con objeto de analizar su impacto en la sociedad española y facilitar una información objetiva y contrastada que evite o dificulte la aparición de corrientes xenófobas o racistas.

2. El Gobierno unificará en Oficinas provinciales los servicios existentes, dependientes de diferentes órganos de la Administración del Estado con competencia en inmigración, al objeto de conseguir una adecuada coordinación de su actuación administrativa.

3. El Gobierno elaborará planes, programas y directrices sobre la actuación de la Inspección de Trabajo previa al procedimiento sancionador destinados especialmente a comprobar el cumplimiento del principio de igualdad y no discriminación de los trabajadores extranjeros, así como el cumplimiento efectivo de la normativa en materia de permiso de trabajo de extranjeros, todo ello sin perjuicio de las facultades de planificación que correspondan a las Comunidades Autónomas con competencias en materia de ejecución de la legislación laboral.

Artículo 61. *El Consejo Superior de Política de Inmigración.*

1. Para asegurar una adecuada coordinación de las actuaciones de las Administraciones públicas con competencias sobre la integración de los inmigrantes se constituirá un Consejo Superior de Política de Inmigración, en el que participarán representantes del Estado, de las Comunidades Autónomas y de los municipios.

2. Dicho órgano establecerá las bases y criterios sobre los que se asentará una política global en materia de integración social y laboral de los inmigrantes, para lo cual recabará información y consulta de los órganos administrativos, de ámbito estatal o autonómico, así como de los agentes sociales y económicos implicados con la inmigración y la defensa de los derechos de los extranjeros.

Artículo 62. *Apoyo al movimiento asociativo de los inmigrantes.*

Los poderes públicos impulsarán el fortalecimiento del movimiento asociativo entre los inmigrantes y apoyarán a los sindicatos y a las organizaciones no gubernamentales que, sin ánimo de lucro, favorezcan su integración social, facilitándoles recursos materiales y ayuda económica, tanto a través de los programas generales, como en relación con sus actividades específicas.

Artículo 63. *El Foro para la Inmigración.*

1. El Foro para la Inmigración, constituido, de forma tripartita y equilibrada, por representantes de las Administraciones públicas, de las asociaciones de inmigrantes y de las organizaciones sociales de apoyo, entre ellas los sindicatos de trabajadores y organizaciones empresariales con interés e implantación en el ámbito inmigratorio, constituye el órgano de consulta, información y asesoramiento en materia de inmigración.

2. Reglamentariamente se determinará su composición, competencias, régimen de funcionamiento y adscripción administrativa.

Disposición adicional única. *Plazo máximo para resolución de expedientes.*

Las solicitudes de prórroga del permiso de residencia así como la renovación del permiso de trabajo que se formulen por los interesados a tenor de lo dispuesto en la presente Ley Orgánica se resolverán en el plazo máximo de tres meses contados a partir del día siguiente al de la presentación de la solicitud. Transcurrido dicho plazo sin que la Administración haya dado respuesta expresa, se entenderá que la prórroga o renovación han sido concedidas.

Disposición transitoria primera. *Regularización de extranjeros que se encuentren en España.*

El Gobierno, mediante Real Decreto, establecerá el procedimiento para la regularización de los extranjeros que se encuentren en territorio español antes del día 1 de junio de 1999 y que acrediten haber solicitado en alguna ocasión permiso de residencia o trabajo o que lo hayan tenido en los tres últimos años.

Disposición transitoria segunda. *Validez de los permisos vigentes.*

Los distintos permisos o tarjetas que habilitan para entrar, residir y trabajar en España a las personas incluidas en el ámbito de aplicación de la Ley que tengan validez a la entrada en vigor de la misma, la conservarán por el tiempo para el que hubieren sido expedidas.

Disposición transitoria tercera. *Normativa aplicable a procedimientos en curso.*

Los procedimientos administrativos en curso se tramitarán y resolverán de acuerdo con la normativa vigente en el momento de la iniciación, salvo que el interesado solicite la aplicación de la presente Ley.

Disposición derogatoria única. *Derogación normativa.*

Queda derogada la Ley Orgánica 7/1985, de 1 de julio, sobre derechos y libertades de los extranjeros en España, y cuantas disposiciones se opongan a lo establecido en esta Ley.

Disposición final primera. *Modificación del artículo 312 del Código Penal.*

El apartado 1 del artículo 312 del Código Penal queda redactado de la forma siguiente:

Artículo 312.

1. Serán castigados con las penas de prisión de dos a cinco años y multa de seis a doce meses, los que trafiquen de manera ilegal con mano de obra.

Disposición final segunda. *Inclusión de un nuevo Título XV bis en el Código Penal.*

Se introduce un nuevo Título XV bis con la siguiente redacción:

Título XV bis. Delitos contra los derechos de los ciudadanos extranjeros.

Artículo 318 bis.

1. Los que promuevan, favorezcan o faciliten el tráfico ilegal de personas desde, en tránsito o con destino a España serán castigados con las penas de prisión de seis meses a tres años y multa de seis a doce meses.

2. Los que realicen las conductas descritas en el apartado anterior con ánimo de lucro, o empleando violencia, intimidación o engaño o abusando de una situación de necesidad de la víctima, serán castigados con las penas de prisión de dos a cuatro años y multa de doce a veinticuatro meses.

3. Se impondrán las penas correspondientes en su mitad superior a las previstas en los apartados anteriores, cuando en la comisión de los hechos se hubiere puesto en peligro la vida, la salud o la integridad de las personas o la víctima sea menor de edad.

4. En las mismas penas del apartado anterior y además en la inhabilitación absoluta de seis a doce años incurrirán los que realicen los hechos prevaliéndose de su condición de autoridad, agente de ésta o funcionario público.

5. Se impondrán las penas superiores en grado a las previstas en los apartados anteriores, en sus respectivos casos, cuando el culpable perteneciere a una organización o asociación, incluso de carácter transitorio que se dedicare a la realización de tales actividades.

Disposición final tercera.
Modificaciones en los artículos 515, 517 y 518 del Código Penal.

1. Se añade un nuevo apartado 6.º en el artículo 515 con la siguiente redacción:

«6.º Las que promuevan el tráfico ilegal de personas.»

2. Se modifica el primer párrafo del artículo 517, que quedará redactado de la siguiente forma:

«En los casos previstos en los números 1.º y 3.º al 6.º del artículo 515 se impondrán las siguientes penas:»

3. Se modifica el artículo 518, que quedará redactado de la siguiente forma:

«Los que con su cooperación económica o de cualquier otra clase, en todo caso relevante, favorezcan la fundación, organización o actividad de las asociaciones comprendidas en los números 1.º y 3.º al 6.º del artículo 515, incurrirán en la pena de prisión de uno a tres años, multa de doce a veinticuatro meses, e inhabilitación para empleo o cargo público por tiempo de uno a cuatro años.»

Disposición final cuarta. *Artículos no orgánicos.*

Los preceptos contenidos en los artículos 10, 12, 13 y 14 no tienen carácter orgánica, habiendo sido dictados en ejercicio de lo dispuesto en el artículo 149.1.2.ª de la Constitución.

Disposición final quinta. *Apoyo al sistema de información de Schengen.*

El Gobierno, en el marco de lo previsto en el Convenio de aplicación del Acuerdo de Schengen, adoptará cuantas medidas fueran precisas para mantener la exactitud y la actualización de los datos del sistema de información de Schengen, facilitando el ejercicio del derecho a la rectificación o supresión de datos a las personas cuyos datos figuren en el mismo.

Disposición final sexta. *Reglamento de la Ley.*

El Gobierno en el plazo de seis meses aprobará el Reglamento de esta Ley Orgánica.

Disposición final séptima. *Información sobre la Ley a organismos y organizaciones interesados.*

Desde el momento de la entrada en vigor de esta Ley, el Gobierno adoptará las medidas necesarias para informar a los funcionarios de las diversas Administraciones públicas, a los directivos de asociaciones de inmigrantes, a los Colegios de Abogados, a los sindicatos y a las organizaciones no gubernamentales de los cambios que sobre la aplicación de la normativa anterior supone la aprobación de esta Ley Orgánica.

Disposición final octava. *Habilitación de créditos.*

El Gobierno dictará las disposiciones necesarias para hacer frente a los gastos originados por la aplicación y desarrollo de la presente Ley.

Disposición final novena. *Entrada en vigor.*

Esta Ley Orgánica entrará en vigor a los veinte días de su completa publicación en el Boletín Oficial del Estado